書下ろし

淫爆《いんばく》

FIA課報員 藤倉克己

沢里裕二

祥伝社文庫

目次

第一章　消防庁情報局《FIA》

1

総務省消防庁情報局《FIA》の藤倉克己《ふじくらかつみ》は、よりによって十二月二十五日にワシントンＤＣにいた。

寒い。日付は二十五日。気温は二・五度。

別に数字を揃えなくてもいいと思うのだが、マジに気温は二・五度だった。二・五度は、実に寒い。

鼻をかみすぎて、自慢の鷲鼻《わしばな》が真っ赤になったところで、乗っていたタクシーがジョージタウンショッピングモールの前に到着した。

十二ドル払って、ドアを開けると、大音量のクリスマスソングが聞こえてきた。

――ちっ、『赤鼻のトナカイ』って、皮肉かよ……。

藤倉は鼻にティッシュを当てたまま、車を降りた。

雪が盛大に降っていた。

天から落ちてくる雪が、そのまま自分の煩悩《ぼんのう》に見えた。苦悩に近い。

「あぁ、めんどくせぇ」

日本語で呟《つぶや》いた。口を開けたとたん、雪が入って来た。

噎《む》せた。かっこ悪い。超かっこ悪い。

帰国寸前に、藤倉は厄介《やっかい》な問題を抱えていたのだ。それは……土産《みやげ》選びだ。

海外出張で一番面倒なのは、会議でもなければ、ホテルに籠っての資料作りでもない。身内への土産選びだ。これぐらい厄介なことはない。

藤倉はこの問題に直面していた。理由は至極《しごく》簡単だった。

――四十二歳になってまで、餞別《せんべつ》なんか貰《もら》っちまったからだ。

ショッピングモールに入った。

エントランス正面に巨大なクリスマスツリーが飾られている。さまざまな飾りがついている。藤倉はその飾りを一点一点、点検するように眺めた。

――あれが爆破装置だったら、どうする?

いつもの癖で、疑いの目を向けた。

——そんなことより、いまは土産だ。とにかく土産だ。

事の起こりは十日前だ。

成田空港に入る前に、ちょいと浅草の実家に顔を出したのが、いけなかった。

「おめぇが、遥かワシントンで、国際会議に出席だとぉ？」

祖父の太助《たすけ》が禿《は》げ頭を叩《たた》いて、ぎょろりと目を剝《む》いた。

「火消しの倅《せがれ》も、ずいぶん偉くなったもんじゃねぇか。鳶《とんび》が一代おいて鷹《たか》を生んだとは、まさにこのことよなぁ。克己、おめえの仕事は鷹みてぇなもんなんだろう……おれは鳶職《とび》だがよ……」

と、そこで太助は煙管《キセル》で火鉢をぽんと叩き、懐《ふところ》に手を入れた。

「まぁいいやね。とりあえず、これは餞別だ。ワシントンの濡《ぬ》れ場にでも行って、たっぷり遊んでこいや。土産のことなんざ、考えるな……いいな」

太助はそう言って、懐から帯封《おびふう》付き札束を放り投げて寄越《よこ》した。封筒に入っているとかじゃない。ナマの百万円だ。百万円はでかすぎる。

「じじい、こんなのは、いらねぇ。俺ももう四十二だ。餞別せびりにきたわけじゃねぇよ」

克己が畳の上の札束を祖父の方へと押しやると、太助はつるっ禿《ぱげ》の頭を紅く染めて、煙管をかんかんかんと三度叩いた。これはかんかんに怒っているという、太助なりの意思表示なのだ。

「出たションベンはひっこまねぇ。てめぇ、年寄りに尿道炎を起こさせる気かっ」

禿げと見栄っ張りは藤倉家の血筋だった。

克己はしかたなくその大金を受け取った。

まるで落語である。

ワシントンは初めてであった。

正確に言えば出張先はワシントンではなく、隣のバージニア州マクレーンであった。

マクレーンと言えばこの国ではそのままCIAを指す。

かつては同じ州のラングレーにあったので、古い連中はラングレーとも呼ぶが、現在はマクレーンと呼ぶのが正しい。

「日米消防会議」。会議の名称はもちろんフェイクだ。

会議というよりCIA側からの情報提供が主体だった。

日本側は内閣情報調査室、防衛省情報局、警察庁公安部、そして消防庁情報局が揃って参加した。

藤倉は消防庁情報局の諜報《ちょうほう》員である。ほかの三情報機関と異なり、消防庁情報局について知る者は少ない。

現内閣が百五十年ぶりに復活させた組織だが、国民には周知徹底がなされていないからだ。

正確には総務省消防庁情報局と呼称されているが、この名称は総務省の一覧にも掲載されていない。霞《かすみ》が関《せき》の省舎の中にもない。

日比谷の雑居ビルに『霞が関商事』という民間会社を装って活動をしているのだ。

藤倉は、もともとは南世田谷《みなみせたがや》消防署における一介の消防士にすぎなかったのだが、三年前の発足時に抜擢《ばってき》されていた。

『今年はフランスやバングラデシュが標的になったが、次は日本が危ない』

ジョージ・クルーニーに似たアジア部長が、そう切り出して会議は始まった。すぐに内閣情報調査室の反町宏幸《そりまちひろゆき》が、言い返した。

『それは日本が常に、お国と歩調を合わせているからです。日本へのテロ行為はイコールアメリカへの攻撃なのです。ですから、ＣＩＡは、百パーセント、我々に協力してくれないと困ります』

日本側の本音だ。

ソフトターゲットへの爆破テロなど、日本独自の対策だけで防ぎ切れるものではない。全国二十六万人の警察官を全員警備課に配置しようが無理な話だ。日本には、テロと戦う軍はないのだ。

東京オリンピック開催においては、日本の全警備会社にも協力を要請しているが、それでも人員がまったく足りないというのが実情だ。

となれば情報機関《インテリジェンス》の事前分析が、最重要課題になってくる。いかにテロの情報を得て、未然に阻止するかの一点に日本の治安はかかっている。

そのためには、ＣＩＡとの綿密な連携が必要だった。

内調《ないちよう》の反町がさまざまな角度から質問し、警察庁や防衛省の人間も、最近ヨーロッパであらたに動き出している集団の特徴などを聞いていた。

藤倉としても総務省消防庁情報局の代表として、会議では対策を論じなければならないことがたくさんあった。

が藤倉は、英語が苦手であった。喋《しやべ》るのも聞くのも、観光客のレベルだ。

他の連中はキャリアであった。しかも情報畑一本やりの人間たちである。それに比べて藤倉は、体力だけが取り柄の消防士出身で、諜報技術のことなどまったくの素人である。ただ座っているしかなかった。

では、なぜこれほど重要な国際会議に出席したのか？

外務省から連絡を受けた局長の喜多川《きたがわ》が会議の名称「日米消防会議」を真《ま》に受けたからである。『だったらもともと消防士だった藤倉がいいんじゃない』ということになった。

あんぽんたんである。

ＣＩＡは落語家のようなセンスをもった集団である。作戦名や会議名には、それなりの意味を持たせた暗号をつける。

今回は爆破対策であったから「消防会議」としただけであった。

おかげで藤倉は語学堪能《たんのう》なキャリアたちに混じって会議に出席しなければならなくなったわけだ。当然、頷《うなず》くだけで精一杯であった。

同時に、出発直前に貰った餞別百万円が気になって仕方がなかったので会議の内容はほとんどわからなかった。

やたらと「ペテ」とか「１９０５」という言葉が飛び交っていたことを思い出す。

それより早く土産を買わなければならない。百万円の餞別は心の負担でしかない。

――しょうがねぇ、ドローンでも買って帰るか……。

藤倉はショッピングモールの奥へと進んだ……ふと円柱に貼ってあったブルース・ウィリスのポスターが目に入った。クリスマスバーゲンでブルース・ウィリス作品のDVDが大幅値下げになっているらしい。内容はどうでもよかった。

——この大スター、いい具合にハゲている。

この とき咄嗟《とっさ》に思い付いた。

——ジジイへの土産は毛生《けは》え薬がいい。本場の超強力な毛生え薬がいい。

オヤジの慎之助《しんのすけ》が言うには太助が近頃、禿げ頭を気にしだしているとのことだった。

九十三歳でのハゲは、どうでもいいことのようだが、当人は真剣に悩んでいるらしい。観音裏のスナック『金のなる木』のママ紅子《べにこ》に「エロ禿げ太助」とか「頭が巨大な亀頭《ちんこ》に見える」とか罵《ののし》られたのが悔《くや》しいらしいのだ。

悔しいというのは、実際は恋心だ。老いらくの恋だ。

元深川芸者の紅子は仕事上ママと名乗っているが、藤倉に言わせれば、ババアだ。今年七十七歳になる立派なババアだ。

とは言え祖母の章子《あきこ》が逝《い》って七年になる。

ジジイは毎日仏前に手を合わせて、殊勝《しゅしょう》な姿を見せていたが、どうやら、ここにきて、ふたたび色気づいたようだ。

まったく困ったものだ。しかしジジイも人生の大詰めだ。紅子と最後の一発をやりてぇにちげぇねぇ。

藤倉は孫としてどうにかその思いを成就《じょうじゅ》させてやりたいと願った。

――やっぱりここは一番、毛生え薬だろうよ……。

ワシントンで増毛薬を探すことにした。

藤倉家は禿の家系である。

六十八歳の父藤倉慎之助も見事な禿げ頭である。慎之助は元東京消防庁浅草第八消防署の士長であった。八年前、六十歳で定年している。その後は寄席通いだ。

その慎之助の口癖も、

「火消しに髪の毛なんざ、いらねぇ」

であった。

そういうものかもしれねぇ。禿の正当化である。

藤倉は『サンタが街にやってくる』のBGMを聞きながら、自分の頭髪を撫《な》でた。まだ毛はあるが、そうとう薄くなっていた。

――いよいよ俺にも、その時期が迫っている。

たまたま通りかかった店のショーウィンドウに顔を映してみた。額《ひたい》が去年よりだいぶ広がっていた。

ショーウィンドウには、さまざまな化粧品や雑貨が並んでいた。女房から預かったリストを広げて見る。いくつか合致する商品があった。

毛生え薬も大事だが、女房からの依頼品を購入することは、ファーストプライオリティだ。

いきなり、その店のドアが開いた。

アジア系の店員がひょっこり顔を出している。年齢は不明だが、とにかく若くて可愛《かわい》らしい。

「化粧品とか、ありますか？」

と、藤倉はつたない英語で聞いた。

「ここドラッグストアですから、もちろん化粧品はありますよ」

女店員はゆっくりとした速度の英語で話し、店の看板を指した。

扉の上に『ドラッグストア・モスクワ・クレムリン』とあった。

ワシントンなのにモスクワ。

ホワイトハウスのおひざ元なのにクレムリン。

――いい味出しているじゃねぇか。これは江戸っ子なみの洒落《しゃれ》だ。

「ロシア語は出来ないが……」

と藤倉は英語で答えた。

「私も出来ません。フィリピン人ですから」

と女店員が笑う。

女店員もいい味出している。エメラルドグリーンのワンピース姿。スカートがパラシュートのように広がっていた。

「そうか、フィリピン人か……日本にも大勢いる」

女房の小春《こはる》から預かってきた香水と化粧品のリストを女店員に渡す。十五品目もある。

「ここに書いてある品物、全部ありますよ」

「なら、全部頼む」

女店員がニコリと笑って、せっせと棚から取り出し始めた。棚の高い位置から取り出す際には、梯子《はしご》を使っていた。なにげに覗《のぞ》くと、ちらりと下着が見えた。赤だった。かなり幅の狭い赤いショーツだった。

エメラルドグリーンのスカートにレッドのTバック。なるほどクリスマスコーデだ。

——仕事が終わったら、一発やりに行くにちげぇねぇ。

下着を覗いていると思われたくないので、藤倉は店内をあれこれと見て回った。

興味深い商品があった。

パッケージだけが置いてある。中身は入っていない。

おそらく万引き防止だろう。真黒な箱に黄色の文字。阪神タイガースみたいなデザインだ。商品名は、

『Ｐａｉｎｔ　Ｉｔ，Ｂｌａｃｋ』

とある。

ほう……ローリングストーンズの曲のタイトルじゃないか。日本語タイトルは『黒く塗れ』だ。

日焼け用オイルか？

藤倉はそのパッケージを手に取り、じっと眺めた。書いてある説明文はまったく読めなかった。

「それはロシア製の増毛薬ですよ。お客様には必要ないかと……」

梯子に乗ったままのフィリピン人の女店員が言いながら藤倉の髪の毛を眺めていた。

おあつらえ向きの土産とはこのことだ。要するに毛生え薬だ。

藤倉は『黒く塗れ』に運命的な出会いを感じた。

「いや、俺が使うわけじゃない。国にこの薬が必要な人間がたくさんいるんだ」

まるで、飢餓《きが》に苦しむ国の医師になったような言い方をした。

自慢ではないが英語はへたくそである。藤倉の英語力はこの国の人間に譬《たと》えれば小学校低学年の会話力よりも劣る。

「お国で、必要なのですね……失礼ですが、モンゴル人ですか？」

フィリピン人にモンゴル人かと聞かれた。

——俺の顔がモンゴル人に見えるのか？

毛生え薬を買うのはモンゴル人が多いのだろうか。いくつか疑問はあったが、どうでもよかった。これは任務ではない。要は増毛薬を買えればいいのだ。

だから、こう言った。

「そうだ、俺はモンゴル人だ。ただし日本で格闘家をしている。二箱くれ」

小学生のようなコマ切れの英語で答えた。

「日本で、ですか……」

女店員は怪訝《けげん》な顔をした。

「日本には多くのモンゴル人が住んでいる。スポーツ関係が多い」

「なるほどスポーツ関係者ですね」

「そうだ」

少し納得したようだ。日本で活躍するモンゴル人力士が多いことは、ワシントンでは、さして知られていないようだ。

「では、ひと箱、千九百五十ドルになりますが、よろしいですか？」

女店員がじっと藤倉の目を見て言った。射《い》るような視線だ。

さすがに驚いた。高い。えれぇ高けぇ。二箱でおおよそ四十万円だ。

女店員は、支払能力を見極めているのだ。

考えれば餞別の半金返しにふさわしい金額だった。

天の賽《さい》の目というのはよく出来ている。回りまわって、この価格のこの商品を買うように運命づけられているような気分になった。

それでも、ほんのすこしだけ値切りたかった。

値切るのは、この国での常識だ。しかし藤倉の英語力では会話によるネゴの応酬は無理だった。藤倉はショーケースの上にあったメモ紙を取り、走り書きをした。

〈1905〉と書いた。

五十ドルを五ドルに替えてみたわけだ。

五十ドル引いてくれというのは野暮だ。江戸っ子は粋が肝心だ。五十を五と書いてみる。差し引き四十五ドルの値引き。あとは、四の五の言わねぇ、洒落だ。

フィリピン人にはわからねぇだろうなぁ……と思いつつ、

「これでどうだっ」

と勝負に出た。

二箱で一万ぐらいは、引いてくれぇ。そんな感じで言ったつもりだ。

「わ、わかりました……ちょっと待ってください……」

女店員は息を呑《の》み、かすかに震えていた。

すぐにどこかに電話し始めた。店のボスにでも相談しているのだろう。

「モンゴル……一九〇五……」

女店員がそんなことを言っている。値引きの許可を得ているようだ。背筋を伸ばして喋っているが、そのぶんだけ、バストがせり出して、セクシーに見えた。

「お客様。その価格で結構です。ただし、この増毛薬は、ただいま店頭に在庫がございません」

女店員はふたたび、ゆっくりとした英語で説明してくれた。

「なら、どこで受け取れる？」

「お国へのご出発は？」

「明日だ」

「では明日ダレス空港でお渡しいたします。また液体物《リキッド》はそのまま機内に持ち込めませんので、私がその場で、別送品の手続きを取ります。到着地で、同じ時間に受け取ることが出来るように手続きしますので、ご安心ください」

テロが増えてからというもの、セキュリティレベルがやたら高くなった。いまでは機内にミネラルウォーターでさえ持ち込めない。

「わかった。すべてあなたに任せる」

「出発階のコンコースへお届けにまいりますので、お名前と出発時間をお聞かせください」

女店員がメモ用紙を差し出してきた。

いまさら、日本人だとは言いづらい。

「名前はドルゴルス・ドルジ。ダレス空港でのコンコースはB。JNAのカウンター前に持ってきてくれ」

モンゴル名は、両国でよく目にした力士の本名を適当に縮めた。なんとなくそれらしく聞こえたことだろう。明日カウンター前で本名に訂正すればいい。たかが毛生え薬だ。どうにでもなるはずだ。

「わかりました。では、お届けは何時がいいですか」

「明日の朝の九時がいい」

ＪＮＡのＪＨ一便の出発予定は十時五十五分だ。二時間前がちょうどいい。

「承知しました。ドルジ様。私、ブリジットといいます。明日、空港にお届けにまいります」

藤倉はキャッシュで支払い、そのままモール内を散策した。

これで心の負担は軽くなった。

モール内には、やたらと『ジングルベル』や『赤鼻のトナカイ』が流れていた。

よりよって、この日は十二月二十五日だ。

しょうがないから自分も『赤鼻のトナカイ』をハミングしながらモール内をぶらぶらした。藤倉が歌うとクリスマスソングも演歌調になる。ときおりハミングにコブシを入れながら歩いた。

――あとは『別館』の仲間たちへの土産だ。

簡単なものでいい。

藤倉は日比谷の『別館』にいる同僚たちの顔を思い浮かべた。

勤務先は消防庁情報局【ファイアー・インテリジェンス・エージェンシー】。

略してＦＩＡだ。

ＣＩＡみたいだが、国内でその実態を知る者はほとんどいない。

日本の情報機関と言えば、内閣情報調査室、警察庁公安部、防衛省情報部の花形三部門がつとに有名だが、ＦＩＡは完璧な秘密組織だ。

三年前。現在の内閣がこっそりＦＩＡを復活させたのだ。百五十年ぶりの復活というのがそもそも胡散《うさん》臭い。

百五十年前といえば、はるか江戸時代の昔である。

――これを復活と呼ぶというのだろうか？

ワシントンで考えることでもないが、ついおさらいしたくなった。

江戸の町火消しは、岡っ引き同様、そもそも幕府の民兵であった。最初に組織したのは名奉行と謳《うた》われた大岡越前《おおおかえちぜん》であったとする説がある。

官僚化した武士に変わって、江戸の町の治安を、岡っ引きや町火消しに維持させたのだ。

この男たち、そもそもは町奴《まちやつこ》と呼ばれた荒くれ者だが、十手《じって》や纏《まとい》を預かることによって、国家のためにおおいに働いたのである。

ざっくばらんに言えば極道が警察権と消防権を担《にな》っていたことになる。大岡越前が諜報機関として町火消しをつくったとも言われている。

明治時代になって、国家の近代化が叫ばれとき、かつての奉行所は裁判系と捜査系のふたつに分かれた。

裁判系はともかく、捜査系には大量の岡っ引きが必要になった。与力や同心の出身者たちだけでは大都市は治められなくなっていたのである。

このとき相当数の極道たちが刑事に採用されたというのは、歴史の表には出ていない。藤倉は警視庁の組織犯罪対策課の刑事を何人も知っているがおよそ警察官には見えない連中ばかりだ。いずれも江戸の町奴の末裔《まつえい》なのではないかと思える風貌と性格なのである。

一方、江戸の昔は、火消しの多くは鳶職《とび》も兼ねていた。つまり大工だ。岡っ引きと違って毎日火事があるわけではないから、日ごろは大工系の仕事に従事していたわけだ。

当時火消しの作業は、現在のような放水ではない。燃えている家を叩き潰《つぶ》す仕事だった。つまり破壊作業だ。それには建築構造を把握《はあく》している大工がもってこいだったわけだ。

そして火消し兼大工は、幕府の隠密も請け負っていたと言われる。

町の情報や、建てられている商家や長屋の構造に精通していたので、隠密としては最適だったのかもしれない。

これも明治に入って、ふたつに分かれた。

鳶職は建築業者となり火消しは内務省の外局である消防庁の隊員となったのである。出初《でぞ》め式などで、鳶職が梯子の上ででんぐり返しの芸を見せたりするのは、双方が兼職だった時代の名残《なごり》である。

消防庁情報局にはそんな歴史があるためか、御庭番系の内閣情報調査室や、奉行所系の警察庁公安部にはみられない、自由奔放《ほんぽう》さがあった。職人気質である。

ＦＩＡには他省庁や、民間企業からも、多くの人材が集められていた。

こいつらが面白い。

「消防車って、戦車よりでかくて威力がある」

陸上自衛隊から出向してきた同僚の江田武雄《えだたけお》は、密かに改良した消防車の試乗を定期的に行なっている。戦闘用に改良された消防車である。

「救急車ってさ、サイレン鳴らしているときは、パトカーでも止めないからね。どこへでも逃げられるよ」

と、警視庁交通課から出向の元ミニパトガール浅田美穂《あさだみほ》。

「救急車内では麻薬を打っちゃっても誰もわかんないしね」

元大学病院の看護師で注射の名人の笹川玲奈《ささがわれな》がそう言ったこともあった。

そして、この情報局を束《たば》ねる局長も民間からの登用者だった。

喜多川裕一《ゆういち》。八十二歳。元芸能プロダクションの社長にして稀代《きだい》の舞台演出家。ジョニーウォーカーしか飲まないので『ジョニー喜多川』と綽名《あだな》されている。

そんなとんでもない人材が集められている部署だった。

あの人間たちには、せめてハーシーのチョコレートでも買って帰ろう。

2

朝七時。ホテルの窓の向こう側に、『ホワイトハウス』が見えた。

あの大きな家に、年が変わったら「メキシコとの国境に壁をつくってやる」と豪語したデブな男が入って来るらしい。

藤倉としては「ガラスの天井を突き破る」と言っていたきつい女のほうに来てほしかった。

そしたら尻の大きな白人女をバックから責め立てて「俺はまんこの底を突き破る」なんて言ってやるのも悪くはないと思っていた。

きっと、『ホワイトハウス』そのものと一発やった気分になれたのではないだろうか。

――俺の精子で真っ白になったホワイトハウス……なんちゃってな。

あぁ、くだらねぇ。

もちろんその案はトランプのおかげで消えた。

未練を抱《いだ》きつつ、藤倉は急いで服を着た。

すでに空港に向かわなければならない時間だった。

滞在中、色ごとはまったく出来なかったのは本当に悔しい。

日程が悪すぎたのだ。クリスマス期間のワシントンでは色町がすべて休業であった。ホワイトハウスはあるのに、ピンクハウスはない。

――ひでぇ町だ。吉原なら、元日だって開いている。

帰国したら吉原の『ホワイトハウス』に行って、新潟生まれのヒラリーちゃんを指名してあげよう。互いになぐさめ合いたい。

ホテルを出てすぐに地下鉄を使った。官費でタクシーが認められているのは、最寄り駅から徒歩二十分以上の場合だけだ。

映画のように高級スポーツカーを扱う諜報員は、実際にはいない。

どこの国の情報機関員も基本は公務員なので経費は渋い。ＣＩＡの連中も「飲酒を伴う張り込みは自腹になった」と嘆いていた。

世の中、そんなものだ。戦争でも始まれば、もう少し経費も緩《ゆる》くなるだろう。

メトロシルバーラインを使ってウィール・レストン・イースト駅に出た。ここからはタクシーを使ってよい距離だ。

九時。ダレス国際空港のBコンコースに入った。

この空港、ショップがやけに少ない。やはり昨日のうちに土産品を購入しておいて正解だったようだ。

自分と同じように、免税品の配達を待っている人間があちこちにいる。

「ドルジさーん」

ＪＮＡのチェックインカウンター前に進むと、ブリジットがすぐに駆け寄ってきた。クレムリンと店のロゴが入った紙袋を抱えている。

「ありがとう」

藤倉は中身を確認した。毛生え薬が入っていた。

「では、カウンターで、私が手続きをします。成田では、お友達がお出迎えですか？」

フィリピン人のブリジットにそう聞かれた。面倒くさいので、これにも「うん」と答えた。

「モンゴル人のお友達かしら？」

「いいや、ロシア人だ」

店名がクレムリンなのでそう答えたまでだ。常に適当に答えるのは、落語家気質だ。浅《あさ》草《くさ》、上野《うえの》界隈《かいわい》は噺家《はなしか》や芸人たちの町だ。そんな中で育つとおのずと落語家気質になる。まっとうな返事をすることは、野暮でしかないのだ。

「しっ」

ブリジットが険しい顔つきをした。冗談が通じない女だ。

JNAのカウンターは空いていた。すぐに搭乗手続きをする。

ブリジットが藤倉のチケットの名前を見て声をあげた。

「ドルジさん、なんでフジクラ……」

「帰化したんだ」

藤倉は平然と言ってのけた。

カウンターの中にいた白人の女性係員が「へぇ～」という顔をしたが、この人にとってはどうでもいいことなのだろう。パスポートの照合を終えるとすぐにボーディングチケットを渡してくれた。

つづいて白人女性係員はブリジットの持っていた書類と紙袋を奪い取り、素早く「ドルジ」を「フジクラ」に書き換えた。

「ユーより先に成田に着く貨物機に乗せます。御心配なく」

と白人女性係員。にこりと笑った。

「いえ、あなたがモンゴル人でないと、これは渡せませんが……」

ブリジットが紙袋を奪い返そうと手を伸ばしたが、白人女性係員はさっさと背後にいた男性係員へと荷物を渡してしまった。男性係員は一応点検すべく中身を覗いて「ふっ」と笑った。ハゲの男だった。笑顔のままバックヤードへ持って行ってしまった。

「ノー」

ブリジットが美貌を歪《ゆが》ませている。

「たかが、毛生え薬じゃないか……どうした」

「あなた、私を騙《だま》したね。モンゴル人と嘘言った」

ブリジットが髪を振り乱して、藤倉の胸を摑《つか》んだ。すぐに警備員が飛んできた。太った黒人警備員がブリジットを抑えつけた。手錠を掛けようとしている。

ブリジットはそこで引き下がった。唇を嚙《か》みしめながら、スマホを片手に出口へと急いでいた。

「すみません。ちょっとした勘違いで」

藤倉は白人女性係員に、片手をあげた。

「空港ではよくあることです。でもお客様……女性をあまり傷つけないでくださいね。別れは上手に……それがワシントンスタイルです」

白人女性係員は、胸に手を当てて言っていた。

——とんでもねぇ、勘違いだ。

藤倉はさっさと出発ゲートへと進んだ。約一時間、ラウンジでビールを飲んで機内に乗り込んだ。

乗客が少ないせいか、パーサーがビジネスクラスへアップグレードしてくれた。

隣の席まで空いている。藤倉は上機嫌になって、またまたビールを頼んだ。

まずは一週間ぶりに、日本の新聞を読んだ。毎朝新聞だ。

〈ロシア、ドーピングに訣別《けつべつ》　二〇一九年の世界陸上に復帰〉

そう書かれていた。

——ホントかよ？

藤倉は首を傾《かし》げた。情報局に異動して以来、報道はすべて裏読みする習慣がついていた。

要するに、これは二〇二〇年の東京オリンピックには参加しますよという、ロシアの政治的宣言ではないか。

さらに進化したドーピング剤を開発した可能性もある。

そうであれば、現在持っている製品はすべて旧型となり、ロシアマフィアを通じて全世界に販売されることになる。

——とんでもないことになる……。

顧客は世界中のテロリストたちだ。部隊の士気高揚のために大量購入するはずだ。マフィアが売って潤《うるお》い、テロリストが買って攻撃力を増すのだ。これほど恐ろしいことはない。

別の紙面に視線を移動させた。

〈東京オリンピックを、返品できないものか〉

凄《すご》い社説が載っていた。

——やるじゃねぇか、毎朝新聞。

これは政府と東京都の本音だ。こうも費用が膨《ふく》らんで、しかも経済効果がいっこうに現われないとなると、だんだん面倒くさくなるというのが、人情というものだ。

しかし、

——テレビショッピングじゃねぇんだから、いまさら返すに返せねぇだろうよ。なにせ買っちまったのは、オリンピックだ。

藤倉はそこで新聞を閉じた。

機は十五分ほど遅れて、動き出した。

ダレス国際空港を飛び立ってからは、ひたすら映画を観ることにした。

何十回も観た『ダイ・ハード』のパート1を観る。

ビールと『ダイ・ハード』、ワインと『ゴッドファーザー』、日本酒と『必殺仕事人』。

これが最高の組み合わせである。

気分が完璧にブルース・ウィリスになった頃、三席ほど後方に座っていた日本人女性が、隣にやって来た。

出発間際《まぎわ》に飛び込んできた女だった。二十代後半に見える。

「初めまして、ひとり同士ですから、隣いいですか。眠る時間になったら、私、向こうの席に戻ります」

名刺を差し出された。「大伝社　スポーツ編集部　篠原茉莉《しのはらまり》」とある。

十二時間近い旅だ。多少の話し相手がいるのは悪くない。それにこの女、スタイル抜群で美貌の持ち主だった。

藤倉も名刺を差し出した。

「霞が関商事　貿易本部北米課長　藤倉克己」

これが藤倉の世間に差し出す顔だった。本職は、女房と父と祖父しか知らない。かつての南世田谷消防署の仲間たちですら、藤倉は民間企業に出向したと思っているのだ。

ひととおり、世間話をした。茉莉はワシントンでバスケットボールの取材をしてきたのだそうだ。

藤倉は『ホワイトハウス』を一度見たくて観光に来たと大ウソをこいた。

二十分ほど世間話をしていたが、ビールを飲みすぎたせいで眠くなってしまった。

茉莉も自分の席には戻らず目を閉じていた。

午前十一時頃に離陸したにもかかわらず、ほんの数時間後には、各席の窓が閉められ、機内には夜が作り出された。

いつの間にか、CA（キャビンアテンダント）が双方に毛布を掛けてくれたようだった。

藤倉は一時間ほど熟睡したと思う。

目が覚めたとき、毛布の下で、ファスナーが開けられていた。

3

上手に舐《な》める女だった。

茉莉は通路側に座っていたはずだったが、いまはシートの隙間にしゃがんでいる。和式トイレで小便をするときのように股を開いた格好で、藤倉の股間に顔を埋めていた。

夜間飛行に入った機内では、CAも専用席に着席しているので、いちいち、こちらを見てはいない。

「おぉっ」

亀頭冠の裏側の三角州を、厚めの舌腹で、ベロリベロリと舐められた。

高度一万メートルの上空で、フェラチオをされたのは初めてだ。

金玉が、ふわふわと浮く感じだ。

「なんで……だ」

小声で聞いた。

なんらかの魂胆《こんたん》がなければ、空の上で初めて出会った男にフェラチオをする女はいないだろう。絶対にありえない。

「旅行中、欲求不満でした。これ、知らない人だから出来るんです。舐めるだけです。やらせてください」

茉莉は目を潤ませている。

そんなことはないだろうと疑いつつも、逸物は後戻り出来ないほどに勃起してしまっていた。

なにか裏があるとは読んだ。

それでも、そこを深く追及するのは、もはや無理だった。

自分は二十代から鍛えあげられたエリート諜報員ではない。体育大学を出て、親の後を継いで、東京消防庁に入っただけの、ごく普通の消防士なのだ。したがって体力に自信はあっても、性欲を制御するなどという本格スパイのような忍耐は持ちあわせてはいない。

――俺はたぶん、乳首を舐められながら陰茎を手扱きされたら、なんでも自白する。

ズボンは膝の下まで降ろされていた。

ちなみに、トランクスは日の丸のデザインがあしらわれていた。いちおう国際会議に日本代表として出席したのだ。何か起こった際には、国籍がわかるようにと、日の丸柄トランクスを穿《は》いてきていたのだ。

何かあった際というのは、不慮の事故とか、客死した場合だ。そんなときに中国人や韓国人に間違われたくないからだ。

藤倉はナショナリティうんぬんよりも、江戸っ子であることを誇りとして生きている。海外出張にあたって浅草伝法院《でんぼういん》通りの土産物屋で、日の丸トランクスを大量に購入したのだ。

太平洋上で、その日の丸を脱がされて、男根と金玉を握られるとは思ってもいなかった。

「おおっ」

舐められながら、金玉もあやされ始めた。

溜《た》まりにたまっているはずの精汁が、玉の中で、どっくん、どっくん、と波を打ち出した。

これは射精まで、あとわずかだ。

藤倉は、こっそり窓のシェードを開けた。

外でも見て、気を散らさなければ、あっという間に爆発してしまいそうだ。日本男児たるもの、あと五分はもちこたえたい。

窓の外は黒闇だった。ときおり銀色の雲が流れていく。

CHINKO ON THE SKY。

しゃぶられながら、雲海の下を眺めるのは、なんとも不思議な気分だ。

「藤倉さん、私、自分で、弄《いじ》っていいですか」

茉莉は口腔《こうこう》内に肉根を咥《くわ》え込んだまま、すでに右手を股間に当てていた。

どうやらパンティのクロッチをずらしている気配だ。はっきり見ることは出来ないのが残念だ。

藤倉が頷くとすぐに、ぬちゃ、と指が入る音がした。

「しゃぶりながら、搔《か》きまわすと、入れている感じがします」

――そういうものか？

茉莉が舌を回転させ始めた。舐めながら、眉間に皺《しわ》を寄せている。目の下も赤く腫《は》れていた。エロい。

「あぁあ。この大きさですね……」

舌で感じたサイズを指に伝えている様子だ。

たまらなく猥褻《わいせつ》なフェラ・アンド・オナだった。

藤倉の肉茎は、茉莉の口腔内で踊りまくっていた。こらえたが、すぐに切っ先から先走り汁が漏れ始める。

――この女、いったい、何を狙っていやがる？

疑いは深まるが、肉茎をしゃぶられる快感は、それ以上に高まった。

藤倉は、自分からも手を伸ばした。

腕を目いっぱい伸ばして、茉莉のブラウスの中に手のひらを突っ込んだ。ブラジャーの内側に指を潜りこませる。弾力のある乳房の上を、指を尺取《しやくと》り虫のように這《は》わせ、なんとかバストトップに辿《たど》り着かせた。

巨粒がしこっていた。人差し指で、くいっ、くいっ、と押してやる。

「ん、んんっ、ん」

茉莉は喉の奥を震わせた。喜悦《きえつ》の声を漏らしてしまうのを、必死に抑え込もうとしているのか、よけいに唇を窄《すぼ》めてきた。

「うわぁっ」

肉棹《にくざお》が圧迫される。

負けそうだった。男の魂を噴き上げてしまいそうなのだ。

藤倉は射精をこらえようと、茉莉の乳房を激しく揉《も》んだ。

「んんんんんっ、はぅっ」

茉莉も必死だ。唇をきつく締めて、顔を前後させている。そのリズムが、とてつもなく速くなった。茉莉自身の股間を掻きまわす指の動きも速くなっている。

「おぉおおっ」

藤倉は呻《うめ》いた。

CAに気付かれてはならないので、窓のほうを向いて呻いた。暗い海が見えた。太平洋だ。水面に白い飛沫《ひまつ》があがっているように見えた。

「ぉおおおっ」

とうとう藤倉は茉莉の口の中に爆《は》ぜた。腹と尻の空気がすべて抜けていくような感じで、欲望が飛び出して行く。

しゅぽーん。そんな感じだ。

——太平洋に射精。

胸底で、そう呟いた。初体験のときに近い感動があった。

溜まりにたまったおびただしい量の精汁を出しおえると、すぐに睡魔が押し寄せてきた。

射精した後は、眠い。男の本能だ。

四時間ほど眠ったらしい。トイレに起きた。茉莉はすでに自分の席へと戻っていた。ブランケットを頭から被《かぶ》って寝ている。

藤倉はトイレでジャケットの胸の内ポケットに入れていたパスポートと財布を確認した。

パスポートには、名前と住所しか書かれていない。

財布の中身はキャッシュと、ＦＩＡの用意したコーポレートカードだけだ。身元を探るとしたらこれしか手がかりはないはずだ。

この番号を控えられるのは、なんのロスにもならない。『霞が関商事』という架空の会社だが、実際登録されているからだ。

藤倉は用を足しながら、安堵《あんど》した。

――なら、なんで、あの女は、俺に近づいた？

射精した後の男の頭脳は、娼婦以上に冴《さ》えていた。藤倉に、自惚《うぬぼ》れはない。

――薄毛で小太りの俺に男としての、魅力はない。

トイレを出たところで、やや年長のCAに聞いた。CAの胸のプレートには松島彩香《まつしまあやか》と書いてあった。

「俺が寝ている間に、隣にいた女性に変わったことは？」

小道具の警察証を見せた。消防庁と警視庁は親戚のような間柄である。本物を借りている。

CAはあっさり信用してくれた。

「はい。座席の上の収納棚のトランクを開けようとしていたので、注意しました。飛行中はどなたさまも、勝手に荷物の上げ下げが出来ません。場合によっては、私たちがお客様に代わって行ないますが、あのお客様はそれなら結構ですと言われました」

にこやかに答えてくれた。

——狙いは荷物と言っても、小型トランクひとつだ。なんだ？

「ありがとう」

藤倉は礼を言って、席に戻ろうとした。ＣＡが笑顔のまま、肩を竦《すく》めている。

「お客様、ただいま当機は、アラスカとロシアの間辺《あた》りを飛行中です。ですので、警視庁の方には捜査権はありません……念のために……」

「失礼した。松島ＣＡ……」

藤倉はすぐに背を向けた。

「一応申し上げておきますが、機長には逮捕権がございます」

背中に胸を押し付けて、耳元で囁《ささや》かれた。エロいＣＡだ。

「いや、それは、望んでいません」

「でしたら……機内での猥褻行為はほどほどに願います」

——見られていたんだっ。

藤倉の閉じた瞼《まぶた》の裏側に蛍が山ほど飛んだ。

4

ＪＨ一便は予定時刻に成田空港に到着した。

収納棚からトランクを降ろして、振り返ると、大伝社の編集者篠原茉莉は、すでに出口に向かって歩き出していた。

茉莉と藤倉の間には、すでに十人ほどの客が挟まってしまっている。

おいっ、と声をかけたが、茉莉は振り向きもしなかった。

よく聞く「やったからって、大きな顔しないで」モードなんだろうが、こっちが聞きたいのは、フェラのことでも、口内射精のことでもない。

——あんたの素性だ。

「待ってくれ、篠原さんっ」

藤倉はビジネスクラスの通路から、大きな声をあげた。茉莉は俯《うつむ》いたままだった。

ターミナルからぬっと蛇腹《じゃばら》が泳ぎ出てきて、機体にセットされた。

扉担当のＣＡが、ロックを外している。うかうかしていると逃げられそうだ。藤倉は、さらに大声をあげた。

「誰か、そこのベージュのスーツ着た女を捕まえてくれ」

扉が開いた。先頭にいた三人ほどの乗客に続いて、篠原茉莉が飛び出すように、機を降りていく。

「こらっ、やりまんっ。待ちやがれっ」

言った瞬間にCAに腕を摑まれた。松島CAだった。

「それ以上、猥褻な発言をしましたら、逮捕します。航空機内は機長の権限です。そのまま空港警察に引き渡しますが……」

松島CAは笑っていなかった。藤倉は唇を嚙んだまま、小型トランクを引きずり機外へと出た。

藤倉が手荷物受取《バゲージクレーム》エリアに着いたとき、茉莉が到着出口の自動ドアの向こう側に消えるのが見えた。

まだ荷物ベルトも回っていない。

——あの女、最初《はな》から、手荷物ひとつで乗って来たってか？

——ひょっとして狙いは、あの毛生え薬か？

ダレス国際空港でのブリジットの強張《こわば》った顔が浮かぶ。

大型トランクを受け取り、別送品受取所に行くと、クレムリンの紙袋は届いていた。きちんと三箱入っていた。藤倉はその場で、このやばそうな荷物を大型トランクの中にしまい込んだ。

とにかく『別館』に戻って、鑑識に掛けなければならない。

到着ロビーに出た瞬間に、革ジャンパーを着た背の高い白人とジャージを着た数人の日本人に取り囲まれた。

日本人たちは見るからにヤクザだ。

空港ロビーという目立つ場所に、これほど堂々とやって来たところに、彼らの焦りを感じた。いったい、何がどうした？　毛生え薬は実は覚せい剤なのか？　そう思えば合点がいく。

「ちょっと、付き合ってくれないか」

目の前に立ったプロレスラーのような男のジャージの襟《えり》から、わずかに刺青《いれずみ》が見えた。絵柄までは判別できない。

藤倉は無言で男を睨《にら》みつけた。相手も目力があった。

ふいに白人が背後に回って来た。迂闊《うかつ》だった。背中にナイフのようなものを突きつけられる。周囲をぐるりと取り囲まれているので、誰も気付かない。

見ようによっては、体育会系の人々のお出迎え風景だった。

「荷物だけ、置いていってくれれば、それでいいぜ」

流暢《りゅうちょう》な日本語で言われた。

藤倉は頭の中でカウントを入れた。消防士だったころから、常に数字で動く習慣があった。

一で頷き、相手の油断を誘う。

二で前の男を蹴《け》る。

三で小型トランクを振り上げ、後ろの白人の顔面を叩き、
四で隙間から一気に走る。

火事場と同じ気持ちで走るしかない。火の粉の代わりに拳《こぶし》が降ってくることだろう。

「いいですよ。でも必要なものを抜き出したら、後は返してくれませんかね」

藤倉はゆっくり言った。

背後の白人がナイフをひっこめた。

いましかなかった。

藤倉は目の前の男の股間を蹴り上げた。命にかかわる戦闘に、正々堂々などという言葉はいらない。目の前の男は、激痛に顔を歪め、身体を屈《かが》めた。

つづいて小型トランクのノブを手首で返した。消防士時代に鍛えた筋肉はまだ生きている。瞬時に舞い上がったトランクが背後の白人の顔面をヒットした。ナイフが落ちる音を聞いた。

どよめきが起こり、囲いの輪が崩れた。藤倉は猛然と走った。空港前のパーキングエリアに向かって走った。

白人の男が、追いかけてくる。速い。その背後を走って来る日本人ヤクザたちは、もたついていたが、この白人だけ動きが違っていた。本物のアスリートに近い走りをしている。すぐに追いつかれそうだ。

背中で銃声に似た音を聞いた。

――マジかよっ。普通、こんなところで撃たないでしょ。警察、何やってんだ。

藤倉は怯《おび》える前に怒った。

成田空港のパーキングエリアで発砲はありえない。公安、組対、それに刑事一課。あなたたちは、いったい何を取り締まっているのだ。親戚筋の同業者ゆえの怒りがこみ上げてきた。

藤倉は振り返った。

白人の男は、エアガンを振りまわしながら追って来ていた。

——ちっ、ぎりぎり合法かよ。

エアガンから鉛の弾が次々に飛んでくる。火薬こそ詰められていないが威力は充分にあった。

大型トランクの鍵部分を集中的に撃ってくる。ついに金具が弾《はじ》け飛んだ。トランクが開く。

藤倉は毛生え薬と女房依頼の化粧品セットの袋だけを取り出し、トランクを置き去りにした。

一陣の旋風が舞った。

白人の男に向かって、日の丸柄のトランクスが舞い上がり後方に飛んでいく。十枚、すべて飛ぶ。

一枚が白人の男の顔に張り付いた。残りはその後方のヤクザたちの頭に舞い落ちていく。

——洗っていない。

藤倉は、もう振り向かずに走った。目の前に救急車が見えた。トヨタのハイメディックをさらに改良した特殊救急車だ。

5

「江田ぁ〜、早く扉をあけろっ」

藤倉が叫ぶと、救急車の真後ろの扉が開いて、身長百八十五センチの江田武雄が、ぬっと姿を現した。

「なんだ、なんだ。藤倉っ、おまえ、無修正ＤＶＤを隠し持ってきたんじゃねえだろうな」

「バカ言え、高校生じゃねえんだ。そんなことするかっ」

「じゃぁ、なんだ。覚せい剤の密輸か？」

言いながら手を差し伸べてきた。

「間違えて、似たような物を持ってきてしまったらしい」

藤倉は救急車に飛び乗った。すぐに、さまざまな機材を積んだ特殊救急車の扉が閉まる。車は急発信した。

運転しているのは航空自衛隊の元パイロット唐沢正治《からさわしょうじ》だ。アクセルを踏みながら、スピッツの『空も飛べるはず』を歌っている。

一気に新空港自動車道に上がった。江田が唐沢を諫《いさ》めた。

「いいか唐沢、高速道路は、滑走路じゃねえからな。飛ぼうなんて思うなよ」

「ちぇっ。江田さんさぁ、ＦＩＡもヘリだけじゃなくて、ノースロップＢ‐２とか所有しましょうよ」

「ＦＩＡが爆撃機をもってどうするんだ？」

「爆撃じゃなくて、爆水するんですよ。気持ちいいだろうなぁ。油田みたいに燃えている火事場を一気に水圧するって」

「黙って走れ。追尾《ついび》が来たぞ」

リアウインドを見つめていた藤倉が叫んだ。

黒塗りのセルシオが三台ほど猛スピードで追ってきていた。フロントガラス越しに先ほどの白人の顔が見えた。助手席でエアガンを構えている。タイヤを狙われたら、アウトだ。

「迎撃するしかないな」

藤倉と江田は顔を見合わせた。

「００７スタイルと、ミッションインポッシブルスタイル、どっちで行く？」

江田が聞いてきた。

局長の喜多川の影響で、情報局の人間はやたらとエンタテインメントに譬《たと》えて言う癖がついていた。

００７スタイルとは機材のフル活用だ。便利だが、この車の正体を晒《さら》すことになる。

ミッションインポッシブルスタイルは、腕力中心の人的能力を主体とする戦い方だ。正体は隠せるが、とても疲れる。

「とりあえず、００７スタイルで行こう」

藤倉は走り疲れていた。

「わかった、ならあの車のナンバー照会《しようかい》だ」

江田が双眼鏡で先頭を走っているセルシオのナンバーを読み上げる。藤倉は救急ベッドの脇にあるパソコンを叩いた。陸運局の登録簿にアクセスする。

「なんだ、なんだ……『ゴルバ・チョコ食品』って。その会社名義だ」

「ベルギーのチョコレート屋か？」

江田が胸ポケットから煙草の箱を取り出しながら言っている。

「それはゴディバだ」

藤倉はキーボードを打ちながら答えた。女房が好きなチョコレートがゴディバで、これは『ゴルバ・チョコ』だ。

「……えぇぇと、ロシア菓子と食品の取り扱いだってよ……またロシアだ」

液晶画面に『ゴルバ・チョコ食品』の、豪華なホームページがアップされた。

「それって、ゴルバチョフのダジャレじゃないですかね。あるいは畏敬《いけい》の念からつけられた社名」

運転席から唐沢が答えてくれた。

ミハイル・ゴルバチョフなら知っている。ソ連を壊してロシアに戻した初代大統領だ。いまでもプーチンなんかよりもはるかに人気がある。

「ってことは、あの車の男、ロシア人……」

藤倉の頭の中で、いくつかの事項が繫《つな》がりだした。
一、ワシントンのドラッグストアで、高価な毛生え薬を買った。
二、モンゴル人かと聞かれ、そうだと言ったら売ってくれた。そうじゃなかったら、売ってくれなかったのかもしれない。
三、日本人だと知ったらブリジットは青ざめた顔をした。この毛生え薬を日本に持っていかれたら、困るということだ。
四、機内では大伝社の女性編集者が現われて、フェラチオをしてくれた。フェラチオまでして、接近してきたのは、こちらの素性を知りたかったのと、この毛生え薬を取り返したかったのだ。

で、成田ではロシア人とヤクザのお出迎え。

この薬はなんだ？

藤倉は紙袋の中から、箱を取り出した。『黒く塗れ』の箱だ。中身を取り出してみる。アンプルがたくさん入っていた。

「これって、注射するのか……毛生え薬って塗るもんだとばかり思っていた」

覗いていた江田が煙草を一本取り出した。火をつけて一服しやがった。

「おい、火消しが煙草なんか吸うんじゃない」

「すまない。すぐに捨てる。唐沢、少し速度を落とせ」

江田が唐沢に命じていた。藤倉は慌《あわ》てて忠告した。

「おいっ、奴らに接近されたら、エアガンでタイヤやられるぞ」

「それが出来ないようにしてやるのさ」

唐沢が車の速度を下げた。

後方のセルシオの顔が一気に近づいてきた。江田がサイドのウィンドウを開けて、ポンとタバコを投げ捨てた。

手榴弾《しゅりゅうだん》を投げる名手と言われた男だけはある。

吸いさしは、見事にセルシオのボンネットの上に当たった。付着すると同時に発火した。煙があがった。

煙の色は五色だった。五輪と同じ色だが、黄色がやや強い。

江田はその煙草を箱から次々に取り出し、火をつけてはセルシオに向かって放り投げた。子供のケンカのような攻撃だったが、これが案外きいた。

フロントウィンドウを五色の煙に覆われたセルシオは急ブレーキを踏んだ。すぐ後を走行していた二台も減速している。

江田はそこで煙草を投げるのをやめた。

「これ以上、煙幕張ったら、一般車が巻き込まれるな……」

メビウスの箱を胸ポケットにしまった。

「俺が出張中に開発した新アイテムかよ」

「そうだ。おまえの嫁さんの実家が協力してくれた」

「玉川《たまがわ》のおやっさんが？」

女房の小春の実家玉川家は花火製造工場だった。「金玉屋」という屋号だ。

「そうだよ。お洒落な発煙筒になるし、オリンピックに向けて、流行するんじゃないかって」

「うちの女房の実家に、勝手に依頼するなっ」

義父には情報部に異動になったことは、伝えていない。小春にも口止めしてあった。

「あいつらまだ追ってきますよ」

運手席の唐沢がサイドミラーを覗きながら、アクセルを踏み直していた。特殊救急車はふたたび急発進をした。

「煙幕やカラーボールでは、一般車を巻き込んでしまいます。逃げ切りましょう」

唐沢が突如サイレンを鳴らし、赤色灯も回した。前を走る車がすべて左右により、道を開けた。逆に三台のセルシオは、一般車に道を阻《はば》まれ、追跡不能となった。

首都高まで一気に抜けた。

霞が関で降りて、日比谷の『別館』に向かった。

「とにかく、この毛生え薬の成分を鑑識してもらわなければならない」

藤倉はアンプルを振ってみせた。

「まったく、とんでもないものを、持ち込んできたものだな。明日、御用納めだというのに、樋口《ひぐち》だって、いい迷惑だろうよ」

江田が本物の煙草を吸いながら言った。消防庁の救急車内で、煙草を吸うとはまったくいい根性をしている。

江田が言った樋口とは樋口敏行《としゆき》。K大学病院の医局に勤務していたところを、厚労省経由でスカウトされた元医師だ。四十歳。薄毛だ。FIAでは主に化学系の鑑識を担当している。

「成分がわからなくては、迂闊《うかつ》に禿げ頭に塗ってやるわけにもいかないだろう」

日比谷の雑居ビルの地下駐車場に入った。特殊救急車を定位置に止め、三人で八階の『霞が関商事』へと戻った。

それにしても、くそジジイのおかげで、厄介な土産物を買う羽目になってしまった。恨んでやる。

6

「これ、ドーピング除去薬みたいですね」

白衣を着た樋口が数枚の用紙を携えて、会議室へ入って来た。検査反応をいろいろ示す数値が書き込まれていたが、藤倉には理解不能だった。

「へぇ〜」

「ロシア陸連が、リオオリンピックからはずされたでしょう。あれメルドニウムという狭心症薬がひっかかったんですよ。これを使用するとスポーツマンのスタミナが向上するそうです。でもこの『黒く塗れ』を飲むとたぶん消せるみたいですね。ただ、もう少し調べてみます。もっと複雑な成分が隠されているかもしれませんから。でも、年が明けないと、試液が入ってこないんですね。なにせ明日で御用納めですから」

情報機関だからといって、三百六十五日二十四時間体制というわけではない。

「しかし、そんなやばいものが、なんでアメリカのドラッグストアで売っているんだ」

藤倉が首をひねった。

「さぁ、ぼくは医療技官ですから、そんなことは知りません。薬物の答えを出したんですから、もういいですか……これからCAと合コンなんですよ。捜査は体育会系のみなさんでお願いします」

樋口は白衣を翻《ひるがえ》して、会議室を出て行こうとした。

「樋口、ちょっと待て。なんか都合のいい、毛生え薬はないか……その箱に入れて、持ち帰りたいんだ」

藤倉としては、土産が必要だった。ジジイへの餞別返しの土産だ。

「う〜ん。でしたら、これ使ってみたらどうですか……増毛剤って言って売っていたんですから、その効果もあるのかもしれません」

「大丈夫なのか？」

「バイアグラは本来血圧降下剤でした。その副作用として勃起に繋がったことが、ＥＤ対策になったわけです。ドーピング除去薬が、毛生え薬の効果があったとも考えられます」

「なるほど」

藤倉は樋口から『黒く塗れ』をひと箱返却された。これで損害はひと箱だけとなった。年が明けたら、ひと箱分は、きちんと諜報資料費用として伝票を切るとしよう。

「明日の御用納めは、パスする。樋口、よい年をな」

藤倉は『霞が関商事』を出た。海外出張の明けは、休日にしてもよい決まりだ。


桜新町《さくらしんまち》の官舎に帰ってから、大事件が起こった。午後七時のリビングルーム。

「ちょっと、あなた、荷物は？」

ジェットラグもあって、ソファでうたた寝をしているところを、女房の手で揺り動かされた。物凄い勢いで揺すられた。

「な、なんだ。化粧品はリスト通り、パーフェクトだろうよ」

子供はまだいない。女房は三十八歳。そろそろだとは思うが、夫婦ふたりきりというのも、快適な暮らしであった。

三ＬＤＫの官舎は独身では入居できないが、夫婦なら入れる資格があった。そうかといって子供がいればさほど大きくは感じないだろう。総面積七十平方メートルは、夫婦ふたりには快適なスペースだった。

「そのことではありません。大型トランクはどうしたのよっ」

成田のパーキングエリアに置き去りにしてきてしまったことの説明をするのは、超面倒くさかった。さらに言えば女房に危険な目に遭《あ》った話はしたくない。

「『別館』に置いてきた。任務上、確認してもらわなければいけない荷物がたくさんあるんだ」

「パンツは必要ないでしょう。なんで持って帰ってこなかったのよ」

「いや、小分けしてくるのが、面倒くさかった。正月明けに、まとめて持ってくる」

そう答えた。トランクもパンツも再購入して、持って帰ってくるしかない。

「じゃぁ、いま穿いているのだけでも、脱いでちょうだい。洗濯しちゃうから」

これが大問題に発展するとは、夢にも思っていなかった。

藤倉はバスルームの脇にある脱衣所に行き、下着を籠の中に、脱いだ日の丸を放り込み新しい日の丸パンツに穿きなおした。

脱いだパンツを顔に投げつけられたのは、きっかり五分後だった。

「なんでこんなところに、べったり口紅がついているのよっ」

口紅は確かについていた。

日の丸の赤の中に溶け込んでいたので、男の自分としては気が付かなかったのだが、よく見ると、日の丸の赤よりやや薄いピンク色の口紅が付着していた。

昨夜の遥か一万メートル上空のフェラチオを思い出す。

あれは幻ではなかった……。

などと感慨にふけっている場合ではなかった。日の丸パンツにつづいて、小型のボストンバッグが飛んでいた。

「しばらく、実家に帰ってて」

「へっ？」

普通はこのようなケースは女房のほうが『実家に帰らせていただきます』とかって言うものじゃないのか……。

結婚十年。時代も立場も、様変わりしていた。

藤倉は、すごすごと、荷物をまとめ官舎を出た。

南世田谷消防署時代から住み慣れた官舎である。

浅草の実家に帰るしかない。

桜新町駅から田園都市線に乗って、表参道《おもてさんどう》で銀座線に乗り換えて浅草に出た。増毛薬も小脇に抱えて、持って出た。何もかもあのくそジジイがたいそうな餞別をくれたから、こんな目に遭っているのだ。

行って、談判してやる。

電車の中では女房との和解方法ばかりを模索していたので、誰かに尾行されているとはまったく気が付かなかった。中途採用の諜報員なんて、そんなものだ。

第二章　冬の花火

1

「ったくよぉ。浮気がバレて、のこのこ帰《けえ》ってきただと？　太助には、口が裂けても言わねぇほうがいい。おめえ、勘当《かんどう》される」

翌朝、父の慎之助に嘲笑《あざわら》われた。いかめしい鷲鼻《わしばな》を天井に向けて笑っている。さいわい、祖父は出かけて不在であった。

この父や祖父は男の浮気など、小火《ぼや》ぐらいにしか思っていない。

女房に、どんな尋問にあっても認めず、家の中央でどんと胡坐《あぐら》をかいて、

「矢でも鉄砲でも持ってこいっ」

と居直るのが、正しい姿らしい。

「それが、火消しの根性ってもんだ」

大正十二年生まれの祖父なら間違いなく、そう言う。

——二十一世紀では通じない説法だ。

女房の小春にそんなことを言ったら、矢も鉄砲玉も飛んで来ない代わりに、弁護士が飛んで来ることになる。

とはいえ、家を追い出されたおかげで、年の瀬を浅草の実家で迎えることになった。二十年ぶりのことである。

藤倉家は江戸時代からこの地にあった。

菩提寺《ぼだいじ》の過去帳によれば、享保の頃から町火消しであった家系だ。それ以前のことは過去帳の墨が掠《かす》れてしまっていて判読不能だったが、どうやら、ろくでもねぇ大工だったという説が有力だ。

大工から火消しに転じたのは、建てるより、壊す方が性《しょう》に合っていたということだろう。

江戸の火消しは、家ごと叩《たた》き潰《つぶ》して、類焼を防ぐのが使命だったのだ。いわば破壊工作員だ。ちなみに現代でも基本概念は同じだ。消防士は類焼を防ぐことを第一に考えている。

江戸時代までは、藤倉家は鳶職《とび》と火消しを兼ねていたらしい。明治以降に兼業が出来なくなったせいだ。

藤倉の家で祖父が鳶職で、父が消防士と分業になったのは、さんざん迷った挙句《あげく》に、公務員の道を選んだ。

藤倉は祖父の後を継ぐべきか、父の後を継ぐべきか、さんざん迷った挙句《あげく》に、公務員の道を選んだ。

祖父に言わせれば「勤め人なんて、しゃらくせい」であったが、自分は凡庸《ぼんよう》な人間である。結果論だが、公務員のほうが性にあっていたようだ。

その祖父は年末となると決まって、両国に張り付くことになる。

両国のビジネスホテルに泊りこんで、出初《でぞ》め式の準備をしているという。九十を超えても元気なものだ。

両国の出初め式は鳶職の花道と言われている。祖父の太助はかつては、その役をこなし、この二十年はその陣頭指揮を執ることに血道をあげている。

帰宅するのは、元日の朝になるらしい。大晦日《おおみそか》は鳶職の仲間たちと、一献やりながら蕎《そ》麦《ば》を食うのが太助の習わしだ。もう八十年近くそうしているわけで、いまさら家族と一緒になどと言っても、聞く耳を持っていない。

藤倉は三日ほど、浅草の町を散策して過ごした、独身時代に戻ったような気分だ。小春とはメールで連絡だけは取り合った。

小春のメールは完全に上から目線だった。

【ひとりで、充分、楽しくやっています。年越し蕎麦とお屠蘇《とそ》をひとりでやりながら今後のことをじっくり考えさせてもらいます。ですから、あなたは当分は浅草でお過ごしください。武士の情けで、いちおう役所には、内緒にしておきます】

てやんでぇ、なにが内緒にしておきますだ。そこは消防庁の家族持ち用の官舎だ。離婚しなくても、二人以上で暮らしていなければ、すぐに追い出されることになる。小春はそれを充分承知のうえで、役所には伏せておくと言っているのだ。

腹が立つが、言い争うのも面倒なので、じっと耐えることにした。

大晦日の午後。

藤倉は老舗《しにせ》洋菓子店『アンヂェラス』の三階で、ダッチコーヒーとアンヂェラス・チョコを楽しむことにした。アンヂェラス・チョコとは店の名を冠した小型のロールケーキだ。藤倉は五歳のときに初めてこのチョコロールを口にして以来、絶大なファンになっている。これ以外食べない。

そのケーキを三分の一ほど食し、これまた名物の水出しダッチコーヒーを一口飲んだところで、背中に気配を感じた。

――誰かに見張られている気がする。

そんな感じがした。

さては小春が興信所にでも依頼したか？　諜報員を張るとはいい根性をしている。

藤倉はあたりを見回した。

ロールケーキのチョコを唇の端につけたまま、ぐるりと後ろに首を回した。

たったいま席に着いたばかりの二人組の女性客に思い切り笑われた。ひとりが声をあげて笑っている。失礼な女たちだ。

強い視線とは彼女たちの発するものだったらしい。

笑った女は黄色のダッフルコートを着ていた。もうひとりはジーンズに白のロングTシャツ。その上からグレイのダウンジャケットを羽織っている。

観光客なのか地元の人間なのか、判断がつかない。なにせ大晦日の浅草だ。百年以上も前から、この日は人でごった返すと決まっている。

「そのケーキ、ここの名物ですよね。おいしいですか」

黄色のダッフルコートの女が、藤倉のロールケーキを指差した。じっと見つめている。

張り込まれていたのは、藤倉ではなく、ロールケーキだった。

――これは観光客だ。

地元の人間で『アンチェラス』のロールケーキをうまいかと聞く人間はいない。

藤倉は言い返した。

「中毒になるから、決して、頼んじゃだめだ」

水を運んできたウェイトレスが、一瞬、眉を吊り上げたが、笑っている。

江戸前のジョークを解する店だ。

ロールケーキを全部食べ終え、二杯目のダッチコーヒーを飲みながら、今年最後の新聞を読んだ。

たいしたことは書いてない。おさだまりの今年を振り返る特集だ。

東京の都知事もアメリカの大統領も、イギリスの首相も代わった。総入れ替えの年だったのかもしれない。

ロシアのドーピング問題が大きく取り上げられていた。

〈ロシア、不正を隠す解除薬を各国へ横流し　世界反ドーピング機構【WADA】が追跡中〉

さらに記事は中央アジアのある国が中継国になっていると指摘していた。

——ひょっとしてモンゴルか？

藤倉はジョージタウンのショッピングモール『ドラッグストア・モスクワ・クレムリ

ン』のことを思い出した。店員のブリジットは、藤倉をモンゴル人かと聞いてきた。

——あの店は、やはりロシアの拠点だったのだ。

ワシントンには世界各国の覆面拠点《アンダーカバー》がある。

といっても年の瀬の浅草にいると、一週間前のワシントンでの出来事も遠い花火のように感じられた。藤倉は新聞を畳んで、席を立った。

先ほどの女性客の席を見ると、エクレアが置かれていた。こいつもうまい。

「舌が溶けるから、こころして食べなさい」

藤倉はそう言って、ふたりの横を通り過ぎた。女たちは、はしゃぎながらスマホでエクレアを撮影していた。

——ふんっ。

ああしてオーダーしたものを撮影する人間を、藤倉はどうも好きになれない。

——写す前に、くえっ。

捨てゼリフは胸底で吐き、さっさと階段へと向かった。その背中で、シャッター音をいくつも聞いた。振り向くと黄色のダッフルを着たままの女が、ピースサインを送りながら、藤倉の顔にもスマホを向けてきた。

——俺を撮って、どうする。

と思ったものの、憎まれ口をたたく。

「マルベル堂に、高く売れるぞ。一割はロイヤリティにくれ」

馬道通りの実家に戻った。

先祖伝来の土地に祖父が木造の家を建てていた。すでに築五十年だが、そこは祖父の大工仲間が、義理と人情で建てた家だから、いまだにしっかりしている。

ぱっと見がそう見えるせいか、タオルと洗面器を抱《かか》えて、勝手に玄関を開ける訪問客もいる。

「うち、銭湯じゃないわよっ」

そのたびに母の声が飛ぶのだ。

母梅子《うめこ》、六十七歳。近所の寿司屋の長女で、四十五年前に藤倉家に嫁いできた。あおい輝彦《てるひこ》のいたジャニーズの時代から、ぶれないジャニオタの母だ。

その母にプチ浮気の話をしたところ、

「全財産を小春さんに渡して、出家しなさい」

と言われた。

昨日のうちに、ご近所の住職に相談して、出家の手続きまで確認しているらしい。この界隈《かいわい》には寺が山ほどある。母は本気だ。

玄関を開けると台所のラジカセから近藤真彦《こんどうまさひこ》の『愚か者』が聞こえてきた。母がフルボリュームで流しているのだ。

──そうまでして責め立てるかよ。

すぐに階段を上がって、かつての自室に入った。

土産として持参してきた『黒く塗れ』がとても気になった。

ドーピング除去薬だと言っていたが、ひょっとしたら、凄《すご》いパワーがあるのかもしれない。

藤倉はこっそりひと箱を開けて、アンプルを取り出した。

コーラのような色をした不気味な液体がアンプルに入っている。それをひとつ割って髪の毛に振りかけてみた。まだ、自分は髪の毛がある。指で揉《も》んで、地肌に擦《こす》りつけた。逆効果で、全部抜けたら抜けたで、早めにそうなったと覚悟を決める。どうせハゲの血筋だ。

地肌がジンジンとしてきた。とても強いヘアトニックを使った感じだ。

そうとう振りかけたが、特に痛みとかはなかった。医療技官の樋口は、ドーピング薬自体が興奮剤のような成分ばかりではないと言っていた。

市販の風邪薬でも、NGの反応を示すこともあるそうだ。つまりドーピングとは、スポーツ界に限定した薬物指定であって、イコール、日常生活を害するものだとは限らない。ならば解除液だって、そうたいした問題でもあるまい。

頭皮はひりついていたが、そのまましばらく夕寝した。二時間ぐらい寝た。寝るほど極楽なことはない。寝るのは、藤倉にとって、ひとつの趣味だった。

「いつまでも、寝てんじゃねぇぞ」

演芸ホールから戻ってきたオヤジに足で腰を蹴《け》られた。

「痛てぇな。てめえだって、毎日ごろごろしてんじゃねぇかよ」

藤倉は起き上がった。

「俺は国家に対して、すでに義務をきちんと果たしたんだ。義務教育も受けた。六十すぎまで働いた。勤労の義務は終えた人間だ。四十二のおまえは、俺の年金を払うために、寝ずに働け」

「それが、ひとり息子に対する言葉かよ……っていうか、オヤジ、何を飲んでいる。あぁあ……それ知らねぇぞ」

父の慎之助が、そばにあったアンプルを一本開けてぐびぐびと飲んでいた。

「だってこれ、栄養剤とかじゃないのか……精力回復とかのよ……」

藤倉は呆気《あっけ》に取られて、父親を見上げた。あんぐりと口を開けたまま見つめた。

「なんでぇ、おまえ、いまさら、遅いっていう眼をしているじゃないか」

睨《にら》み付けられた。祖父も強面《こわもて》だが、父親も同類だった。かつて消防士だった頃は「火事場の怪人」と呼ばれた男だ。凄むと怖い。

藤倉はすぐに考えた。

——九十三歳も六十八歳も、死ぬには手ごろな年齢かもしれない。

「いやいや、違う。じいちゃんとオヤジが明日への希望を抱《いだ》いてくれればいいと思って、わざわざ、土産に買ってきたんだ。明日、じいちゃんと揃ったところで渡すつもりだったんだけど、まぁ、一足先ってことでいいやね」

藤倉は口をつぐんだ。国家の大事を藤倉家で背負い込むだけだ。かまやしない。

『紅白歌合戦』が始まったので、年越しの晩酌に入ることにした。

「SMAPがいなくなるなんて、いまだに信じられないわ」

母が涙を浮かべながら天ぷらを食っている。悲しいほど食欲が増すタイプの人だ。藤倉は父親としこたま飲んだ。一升はあけた。

紅白のトリを見る前に、オヤジが「そろそろ出ようや」と声をかけてきた。

「おぉ」

と藤倉も立ち上がる。ふらついていた。オヤジと揃って、浅草寺《せんそうじ》参りに行くのは二十年ぶりのことだ。

2

ふたりとも、やたら、テンションが高かった。あれほど熱燗《あつかん》を呷《あお》ったのに、ふらつくどころか、逆に身体に力は漲《みなぎ》り、脳は活性化されていた。

「おいっ、克己。なんだか今年は調子よくねぇか。おめぇみたいな息子でも、戻ってくると、なんか嬉《うれ》しいぞ」

などと涙ぐみながら言っている。おかしい。こんなことを口にするオヤジではない。

——そろそろ死ぬか？

藤倉は相続についての胸算用をした。

浅草寺はすでに押すな押すなの混みようだったが、まだ年が明けていなかったせいか、それでも三十分ほどで、賽銭箱《さいせんばこ》の前まで辿《たど》り着いた。

千円札を投げ入れ、手を合わせ、中山金杯《なかやまきんぱい》の当たりを祈願する。ついでに京都金杯の分もお願いする。もう千円放り投げて、先のことだがダービーまで頼んでいたら、背中で歓声が上がった。年が明けたらしい。酉年《とり》だ。

一気に人波が押し寄せてきた。

やばい。この瞬間の「押し寄せ」は例年、半端《はんぱ》ではないのだ。

オヤジはすでに本堂の脇道に逃げていた。薬師堂サイドの手すりのほうへ歩いている。子を置いて自分だけ逃げるとは、元消防士の風上《かざかみ》にも置けない男だ。

「おぉおっと」

藤倉は凄《すさ》まじい勢いで背中を押された。賽銭箱と背後の人間たちの間に挟まって動けない。

「ちょっと、すみません。開けてください」

脇に出ようとしたら、左右の隙間を埋められてしまった。身動きひとつ出来ない状態だ。

身長一七八センチの藤倉が、すっぽり隠れるほどの人垣に覆われている。囲んでいるのは、浴衣姿の大男たちだった。六人ほどいる。

――なんだ、これ？

顔をあげて、取り囲んだ男たちの顔を見ると、いずれも髷《まげ》を結《ゆ》っていた。

――力士？

そう見える。少なくとも歌舞伎役者には見えない。

「どいてくれっ。俺はもう出るんだ」

藤倉は左脇にいた男に、あえて肘鉄《ひじてつ》を放った。相手が力士なら多少手荒なことをしても、かまわないと判断した。

──とにかくここを出なければ、圧殺されてしまう。

それはこの男たちの狙いなのか？

肘がわき腹にめり込んだようだったが、男は呻《うめ》きもしなかった。それどころか、真後ろにいた男が、太腿《ふともも》を突き上げてきた。藤倉の尻に激痛が走った。前のめりになって、賽銭箱に顔を押し付けられそうになる。

「うぅ」

的に掛けられているようだ。

「てめぇら、何しやがる」

藤倉は左側の男に足払いを掛けた。髷を結った巨漢が揺らいだ。仲間たちが喚《わめ》きながらその男の腕を支えて、倒れるのを防いでいた。

日本語ではなかった。顔は明らかにアジア人だったが、何語かさっぱりわからなかった。

左側の男が揺れ動いたので、囲いに隙間が出来た。藤倉は身を低くして、その輪から出た。崩れ落ちる火災現場から逃れるときに似ていた。

それでも辺《あた》りは参拝の人々の波でたやすく逃げ出すことは出来ない。力士風の男たちがすぐに寄ってきた。肩でぶちかましをしてくる。やはり本物の力士だろうか。訓練された動きだ。

藤倉は柔道と空手は学んでいた。ここで反撃したいところだが、いかんせん、普通の人々が多すぎる。巻き添えにしたら、公務員としての不祥事となる。

藤倉は、ぶちかましや張り手を受けながらも、ひたすら脇へ脇へと逃げた。

――転倒したら死ぬ。

そう思った。参拝客でごった返す境内で、転んだ瞬間に、大勢の人間に踏み殺される。誰かがそういう絵を描いているのだ。

力士風の男たちは他の客には手を掛けず、搔《か》きわけながら追ってくる。参拝客たちも、異様な形相《ぎょうそう》の力士たちに恐れをなして、道を開けているので、簡単に捕まりそうだった。

社殿の端から、その様子を見下ろしているオヤジの顔が見えた。きょとんとした顔をしている。口をパクパクと動かしている。〈早くこっちに来いよ〉……そう見える。

――ふざけやがって。

息子の置かれた状況をぜんぜん把握《はあく》していない。

藤倉はとにかく五重塔《ごじゅうのとう》の方向へと逃げた。本堂へ、本堂へ、と向かう人並みを横切って、どうにか人の切れ目に出た。目の前は心字池《しんじ》だった。

力士風の男たちも猛然と追ってきた。藤倉は振り返った。

——この位置なら反撃出来る。

そう判断した。空手の構えをして待った。

「こら、モンゴル人がぁ。舐《な》めてんじゃねぇぞ」

力士風の男たちの背後から、ヤクザ風の男たちが五人ばかり走ってきた。

「屋台倒して、逃げりゃ、すむと思ってんのかっ。このボケッ」

——どういうこと？

——そういうことか……。

追ってきた力士風の男たちは、うっかり的屋の屋台を壊してしまったらしい。何を売《バイ》していた連中かは知らないが、ここらの香具師《やし》を怒らせたら、しっかり地元の組員が始末しにくる。

力士風の男たちはモンゴル人らしい。となると藤倉の持っている『黒く塗れ』を狙っていることは明白だ。

――なんでだ？　なぜそんなにまでして、取り戻したがる？

モンゴルが中継地と新聞にあった。しかし、藤倉が手にした『黒く塗れ』はごく少量だ。こんな大騒ぎまで仕掛けて、取り戻すべきものなのだろうか。

――逆に尋問してみたい。

藤倉は伝法院《でんぼういん》を背に、モンゴル人が、こちらにやって来るのを待った。

ところが事態は急変する。爆竹《ばくちく》のような音がした。

「うわっ」

モンゴル人の六人の巨体が宙に舞った。巨体がどたどたと飛び跳《は》ねている。

背後からヤクザが拳銃を撃っていた。五人ともコルトのような形をした拳銃をぶっ放している。

――おいおいおい。

高校生の頃に六区《ろっく》の映画館で観た古い日活映画みてぇだ。

拳銃はさすがにない。正月の浅草寺にそれはあんまりだ。藤倉も逃げた。完全に背中を向けるのは、より怖かったので、ちらちら振り向きながら走った。

ヤクザの背後にライトアップされた五重塔が直立していた。まるで絵葉書だ。その手前にダボシャツに腹巻したヤクザが拳銃を撃ちながら、それぞれが小躍りしていた。

——んん？

よく見れば拳銃はおもちゃだ。輪投げの景品で見るおもちゃのコルトだ。モデルガンなんて、そんな洒落《しゃれ》たものじゃない。あれはプラスチックのおもちゃだ。

飛び出している弾は、銀玉だった。超懐かしい、銀玉鉄砲だ。

——それじゃ、あの音はなんだ。

ばんばんと銃声のような音がするのだ。藤倉は立ちどまった。拳銃ではないと知って恐怖は消えた。目を凝《こ》らしてみた。

ヤクザたちは拳銃を撃つたびに、一度腰を屈《かが》めていた。狙いの精度を高めるためかと思ったが違っていた。

コンクリートの地面に何かを擦っていた。煙草のような細長い筒だった。その筒の先端をコンクリートで擦ると火を噴いた。それを拳銃の発射と同時に力士に投げつけている。

そいつが爆音を放ち、火を噴いているのだ。

——あれは花火だ。いまは売っちゃいけない、2B弾だ。

義父が花火師なので、藤倉は2B弾について知っていた。

昭和四十年頃まで、子供のおもちゃとして駄菓子屋でも売っていたという小型花火だ。当時は、とんでもなく危険なおもちゃが、平気で駄菓子屋や文具店で売っていたらしい。

もはや、大手では販売されていないが、香具師はいまでも時々露店に並べている。六十代の大人が、懐かしがって買っていくからだ。消防署調査による失火原因にも、いまだにこの2B弾は登場するから恐ろしい。

力士たちは恐怖に慄《おのの》いていた。本物の拳銃だと信じ込んでいるに違いない。巨体なのに、猛烈な速度で走っていた。それに比べてヤクザは遅い。日ごろ焼き肉ばかり食べて、なまけている証拠だ。

怒声と銃砲のような音と悲鳴が入り混じった。モンゴル人たちは、藤倉の目の前を横切る形で、伝法院通りのほうへと逃走していった。

追いつけないヤクザは、とうとう、腹巻の中からナイフを取り出した。威嚇《いかく》で取り押さえられなかったら、マジで怪我《けが》を負わせる気だ。手品師がリンゴをめがけて投げるように、ナイフを放った。これも藤倉の前を横切っていった。チャリンとコンクリートに落ちる音。力士の背中、ぎりぎりのところで落ちていった。

他のヤクザたちも、次々にナイフを投げようとしていた。

「ウエイト。ちょっと待って。ベンショウします」

浅草寺幼稚園の裏手のほうから白人が出てきた。鼻に絆創膏《ばんそうこう》を貼っているが、俳優のアーノルド・シュワルツェネッガーとF‐1のミハイル・シューマッハを混ぜたような風貌の男だ。つまり白人でいかつい大男だ。

革ジャンの胸を開いて、ポケットから札束を二束、出している。たぶん二百万。

「これで、オトシマエ、お願いします」

ヤクザはナイフをしまった。白人が金を渡すと、藤倉のほうへと向き直って来た。この男も狙いは、どうやら自分にあるようだった。

身構える藤倉に腹巻に金をしまったヤクザが「よぉ、克《か》っちゃん」としわがれた声をかけてきた。

「寛《かん》ちゃん？」

雷門《かみなりもん》第五十六幼稚園の同級生だった。山本寛治《やまもとかんじ》。極道の息子だ。

「久しぶりじゃねかぁ。克ちゃんも、やっぱ正月には地元に帰って来るんだ」

寛治は手にもっていたナイフを白人に向けて「うぜいっ」と怒鳴った。

白人はすぐに逃げ出した。

「俺ぁ、三が日終わるまでは忙しいんだ。明けたらよ、馬券売場の近くとかで、いっぱいやらねぇかい」

「あぁ、その頃までいたらな。そっちも忙しくて何よりだ」

「おぉ、ミカジメ貰《もら》っているからな、健全な商売をやってるみなさんを、きちんとお護《まも》りしなくちゃならねぇ」

「ところで寛ちゃん、いまのは力士かい？」

　藤倉は気になっていたことを聞いた。

「な、わけねぇよ。これでも地回りだぜ、序の口力士だって、面《つら》見りゃ、わかる。それに俺たちは日本相撲協会様にナイフを投げるような真似《まね》はしないさね。あいつらは力士を装った与太者だ。近頃多いんだよ。力士はモテるからよ。わざと髷を結った、なんちゃって力士がうろついてやがる。観光客が騙《だま》されるからな。アジア人が多い。バッタもんにもほどがある。それを撲滅するのも、俺たちのしごとでよぉ……」

　山本寛治はそう言うと、クルリと背を向けて、手下を引き連れて、仲見世側へと戻って行った。たいした貫禄がついたものだ。

3

　オヤジとは『梅園《うめぞの》』本店の前でようやく落ち合えた。オヤジは手に枡《ます》を持っていた。あちこちの店で振る舞われてる酒を片っ端から飲んでいたと見える。顔が真っ赤だ。禿《は》げ頭のてっぺんまで赤くなっている。

「克己よぉ。なんか今年は、めっちゃくちゃ、調子がいいぜ。いくらでも飲める」

そう言っているわりには、完璧な千鳥足になっていた。

「ったくよぉ。こっちが死にそうな目に遭《あ》っていたのに、ひでぇ、酔い方だぜ」

「そう言わずに、おめぇも、ほら、もういっぺぇいきない」

冷酒が半分残った枡を渡された。かなり運動したので喉《のど》が渇いていた。藤倉は一息に飲んだ。身体がカッと熱くなった。頭のてっぺんが燃えるようだ。毛が生《は》えそうな勢いだ。

「あの薬、効くのかもしれねぇ……オヤジ、どうだ？」

「あぁ、なんか、頭の毛穴がムズムズしてきたぜ。これは太助に渡しても、いいじゃねぇか」

オヤジが頭を撫《な》でている。吐く息がやたらと日本酒臭い。

午前二時を回っていたが、大晦日から元旦にかけての浅草は、まだまだ活況を呈していた。

六区ブロードウエイからひさご通りに入った。さすがにここまで来ると、シャッターが下りている店が多い。ふたりとも、シャッターにぶつかりながら歩いた。

「やかましいぞ」

どこかの店から怒鳴られた。

「うるせぇ」

とオヤジ。

「どこまで歩く気だ？」

「真っ直《す》ぐ歩いて、言問《こととい》通りを越えて、そのまま真っ直ぐだ。ひたすら真っ直ぐだ」

「はい？　息子と行くとこか？」

その先にあるのは吉原だ。

「んなこたぁ、どうだっていい」

とにかくオヤジはハイテンションになっていた。やっぱあの毛生《けは》え薬はやばい。

電信柱の陰から振袖姿の女がふたり出てきた。突然の登場だった。

「あんたら、雪女か……」

オヤジが目を擦《こす》っている。

「沙也加《さやか》、酔っぱらってまーす」

白地に赤い花びらをあしらった振袖を着ている。二十五歳ぐらいか。酔っぱらってはいるが楚々《そそ》とした感じがする。

「奈津子《なつこ》、いまゲロ、吐いたらすっきりしましたぁ」

もうひとりレトロな吉祥《きっしょう》模様を着て、ただし振袖で口を拭《ぬぐ》っている、目の大きな勝気そうな女だった。

　ふたりとも、べろべろに酔っている。

「おじさんたち、飲み直しましょうよぉ」

　奈津子という女が藤倉にしなだれかかってきた。

「俺はゲロを撒《ま》いた女なんて嫌だ」

　藤倉は突き放した。奈津子はよろけながら、オヤジのほうへと倒れていった。

「俺はなんだっていい」

　いきなり奈津子の襟《えり》に手を突っ込んで、乳房を揉み始めた。

「おいっ。何する気だ。六十八にもなって、強姦で捕まる気かっ」

　藤倉は叫んだ。

「あぁああ、気持ちいい。私、合意します。だからおじさん、強姦じゃありません。もっと乳首を……」

　奈津子が夜空の星を摑《つか》むように右手を伸ばして腰を振った。

　言っていることは卑猥《ひわい》だが、ポーズは宝塚ミュージカルの一コマのようだ。

「私も触って欲しいです」

　もうひとりの沙也加と名乗った女が裾を開いて見せた。清楚《せいそ》に見えたぶんだけ衝撃は大きかった。

夜更けの商店街。人気《ひとけ》はまったくない。電信柱を背にした女が、振袖の裾を孔雀《くじゃく》の羽のように広げたのだ。

――俺、完璧に酔っている……。

藤倉の視線は沙也加の股間に釘付《くぎづ》けになった。

「なんで、穿《は》いてないんだ……」

「沙也加、酔うと疼《うず》いちゃって、すぐパンティ脱いじゃうんです」

と通りの先を指さした。提灯屋《ちょうちん》の前に、紫色のパンティが転がっている。ちょっと透けた素材っぽい。

この女、上品そうな顔をしているけれど、いやらしいパンティを穿いている。

「触ってくれないんですか？」

沙也加が腰を振っている。陰毛が揺れている。きちんと処理がされた形のいい陰毛だった。

「いやいや……」

藤倉が照れ笑いをして、ふと横を向くと、オヤジが陰茎を抜き出していた。

――ちょっと、待てっ。

実父の陰茎を見るのは、もっと照れる。

「おじさん、凄い。怒りちんこ」

奈津子がしゃがみこんで、オヤジの亀頭を咥《くわ》える。

「いや、待てっ、オヤジはもう歳なんだ。しかもしこたま酒飲んでいる。無茶はよせ」

藤倉は牽制《けんせい》したが、それでも奈津子は、その肉茎に唇を吸盤のように張り付かせて、顔を前後に動かし始めてしまった。

年季の入った茶褐色の肉棹が、奈津子の涎《よだれ》に塗《まみ》れて、どんどん、黒光りしだした。

——見たくねぇ。

「おぉおっ、いいいっ」

オヤジが夜空を仰いで、口をへの字に曲げている。なんて親だ。

「『おぉいい』とか、息子の前で言ってんじゃねえよ。その女、たったいままで、ゲロ吐いていたんだぞ」

藤倉は悲痛な思いで叫んだ。

「なんか、塩辛の香りがしていいっ」

バカにつける薬はねぇ。藤倉は、やはりこの親を見捨てることにした。

「あんっ、あぁあっ」

奈津子はオヤジの亀頭をしゃぶりながら、みずからの股間を弄《いじ》りだしている。両脚を蟹《がに》股《また》に開いて、指を走らせていた。

この女は白いパンティをちゃんと穿いていた。ちゃんと穿いているが、股布は脇にずらしていた。

この光景、脱いですっぽんぽんになっている花園よりいやらしく見える。

ねちゃくちゃと粘膜が捻《ね》じれる音と共に、濃厚な性臭の匂いが舞い上がって来ていた。

「あぁあ、舐めながら、クリを弄るのって、超気持ちいい……」

奈津子が目の縁を真っ赤に染めながら、かすれた声をあげていた。薄紅色の割れ目から、突起が顔を出しているのが見えた。

電信柱のライトに照らされて、ピンクに光って見える。

——クリトリスって、蛍光色だったっけ？　……んなこたぁ、ねぇよな。

藤倉は夜空を見上げた。縹《はなだいろ》色の空に半月が浮いている、その周囲には星が満ち溢《あふ》れていた。

「ねぇ、触ってくれないんだったら、せめて挿《さ》し込んでくれませんか？」

沙也加の声が聞こえた。

夜空から視線を戻すと沙也加が電信柱に手をついて、尻を突き出している。

岡っ引きのように着物の裾を端折《はしょ》って、形のいいヒップを全開にしているではないか。開いた太腿の間から濡《ぬ》れた秘貝が見える。

「早く、お願いします」

完璧な据え膳《まん》だった。

父親と一緒に野外プレイなど、まったく望んでいなかったが、もはや性欲を抑えるのも限界だった。

そもそも酒を飲んでいた頃から、異常にテンションが上がっていたのだ。同時に性欲も半端なく上がっていた。

本音を言えば、オヤジを家まで送って、自分だけで吉原に行きたかった。ところがその前に、酒に酔った痴女に出会ってしまったというわけだ。

「さぁ、早く挿してください。もう、ぐちょぐちょですっ」

電信柱に手を突いたままの沙也加が尻を振った。二、三度、ぷるんっ、ぷるんっと振る。路面にポタポタと蜜が落ちていく。割れ目からは、匂い立つような色香が放たれていた。

——もう我慢できねぇ。

藤倉はジーンズとトランクスを一気に下げた。勢いよく肉茎が飛び出す。亀頭も棹も肉を張り詰めていた。

「あぁあっ」

茹《ゆ》で卵のように膨《ふく》らんだ亀頭を沙也加の秘裂《ひれつ》にあてがった。ぴちゃ。

裂け目の内側で、肉の突端《とったん》を上下させた。拡がった小陰唇の上で何度か滑らせて粘膜同士を馴染《なじ》ませていると、下方の淫穴からとろ蜜が沸《わ》き上がってきた。

亀頭冠だけでなく、肉胴も花芯《かしん》で擦った。棹全体をたっぷりと濡らす。最大級に膨らんでいたはずの陰茎がさらに硬度を増してきた。

「いやんっ、なんか重厚感を感じます」

沙也加が電信柱に両手を回してしがみつき、目を細めた。ぬるぬるとした蜜をどんどん溢れさせている。

藤倉はゆっくり尻を押した。まずは浅く……だ。

「んんんっ」

ぬぽっ。茹で卵大の亀頭が膣の浅瀬に入った。

「あぁあぁ」

沙也加が喘《あえ》ぎ声を漏らすと同時にぎゅっと、膣口が絞られた。亀頭に圧力がかかる。心地よい圧迫だ。思わず、漏らしそうになる。

——余裕をかましている場合じゃない。

藤倉は一気に棹を押し込んだ。

「あぅ」

沙也加の肉層を鰓《えら》で思い切り抉《えぐ》りながら、先端を奥底へと突進させた。肉底から、湯蜜が沸き上がって来る。肉頭を押せば、押すほど、蜜が膣口から溢れ出てきた。まるでシリンダーだ。

「あぁ、とってもいいです」

沙也加は片手を電信柱に回し、もう一方の手で、着物の上から乳房をまさぐっていた。欲深い女だ。

藤倉はそのままピストンをつづけた。沙也加の生尻をしっかり抱き、くいっ、くいっと腰を振った。あたりに沙也加の蜜が飛び散っている。

「熱いっ。んんっ、もう～」

真横でオヤジにフェラチオをしている奈津子の頰にまで飛んでいる。奈津子が沙也加の蜜を指で拭い、オヤジの金玉に塗っていた。お茶目だ。

「そろそろ、私にも、嵌《は》めてください」

奈津子がオヤジにせがんでいる。

「おぉ、わかった」

オヤジが奈津子の口から、陰茎を抜いた。さっきよりさらに肥大化していた。父親との付き合いは、生まれてこのかた四十二年になる。もちろん子供の頃は風呂にも入れてもらった。だから、父親の陰茎というのは、当然見たことはある。

——しかし、だ。

勃起しているのを見るというのは、今回が初めてだ。

それも、いままさに、女の膣に挿入しようとしている男根だった。藤倉はおのれのピストンを止めて、じっとオヤジを見た。

ここで、電信柱の反対側に奈津子に手を突かせて、オヤジもバックから突っ込むんだろうな。

——あんたは、どうやって挿し込む？

電信柱を挟んで、双方から女の穴に突っ込みあうのか。

オヤジは藤倉に一瞥《いちべつ》くれた。『何見てやがんだ』という顔だ。こっちが聞きたい。『何しようってんだ』。

オヤジは豪胆《ごうたん》だった。いきなり奈津子の肩を押し、彼女を道路にひっくり返した。そのまま着物の裾をまくると、奈津子の両脚を抱え上げ、一気にパンティを抜き取った。

浅草ひさご商店街の電柱の蛍光灯の下に、鮮やかに女の陰毛と肉割れが映し出された。

オヤジはそのまま奈津子の上に乗りかかった。

「いやぁあああ、ここで正常位ですか……お尻にコンクリートが当たっているんですけど……」

奈津子が困惑の表情を浮かべている。

「誘っておいて、四の五の言ってんじゃねぇよ。男はどこでだって正々堂々とするもんだ」

そう言って、奈津子の股間に黒い尖《とが》りを埋め込んでいった。

正々堂々を性行為で表わすと正常位ということか。若干、ためになった。

「やいっ、克己っ。いつまで親のケツを眺めてんだ。さっさと、てめぇも腰つかえや」

4

正月早々、路上セックスをして、実の父親に発破《はっぱ》をかけられるとは思ってもいなかった。藤倉は煽《あお》られるように、ピストンを再開させた。

「あぁ、んんっ、凄いです。はっ、うっ。私、こんなんめちゃくちゃ打たれるの初めてっ」

沙也加が電信柱をがっちり抱いた。頬を電信柱に擦りつけて、喘いでいる。振袖がパタパタと翻《ひるがえ》った。

オヤジも超高速ピストンを打っていた。どこにこんな体力が残っているのだろうというほどのフルスピードだ。

せっせと穿《うが》ちながら、オヤジは奈津子の後ろに手を回して、帯を解き始めていた。

「えっ、おじさん、それはだめっ。こんなところで、帯を解いてしまったら、もどせなくなってしまうわ」

「なあに、ここらは着物屋だらけだ。わけねぇ。おいこら、克己、おめえも、昆布巻でいつまでもやってんじゃねえよ。女は真っ裸にしてやるもんだ」

「って、犯罪だろうが……」

「誰も見てなきゃ、犯罪じゃねぇ。公然じゃねぇんだから……」

すげえ理屈だ。警察官の最大の親戚である消防士が言うセリフとは思えない。

「だいたい、人気《ひとけ》がなくても、路上でセックスは、せわしくていけねぇ」

藤倉はぼやいた。なんとなく早く射精してしまわないと、他人様がやって来るような気がして落ち着かない。

「おめぇも、肝が据わらねぇ男だねぁ。火消しっていうのは、やっている最中でも、火の手が上がれば、すっ飛んで行かねばならない商売だ。やれるときに、どんどん出さねぇで、どうする。おめぇだって、路上射精でできた伜《せがれ》なんだ」

「はい？」

思わず藤倉は、抽送《ちゅうそう》を止めた。沙也加が「いやんっ、いきそうなのに」と叫んだ。それはそれで申し訳ないが、聞き捨てならないことをオヤジが言った。これは自分の人生観の関わる問題だ。

「俺は、どこで発射された？」

「六区の旧東映前よ」

「あんだって？」

「心配ねぇ、ちゃんと梅子の子だ。もちろん結婚してからだ……」

「おふくろと東映の前でやったのかよ？」

いまはサンシャイン浅草っていうパチンコ屋だ。

「あぁ、昭和四十八（一九七三）年の秋だ。十か月後におめぇが生まれた」

セックスしながら出生の秘密を聞きたくなかった。

「なんの映画見た？」

「『仁義なき戦い・代理戦争編』だ。オールナイトで見終わったらな、なんかこう盛り上がっちまってよ。もう真っ暗だったしな。家に帰るのも面倒くせぇって……梅子も乗り気でな」

「なんで、家に帰ってやらなかったんだよ。ちゃんと布団敷いてからやんなかったんだよぉ。俺、路上で発射されちゃったのかよっ」

藤倉は罵《ののし》った。

「おまえさぁ、道端で死ぬのは嫌だろが、射精は畳の上じゃなくてもいいじゃねぇか。取り出されたのは、ちゃんとした病院だしよ」

オヤジは言いながら、奈津子にがっつんがっつん突っ込んでいた。挿入しながら、帯をほとんど解いてしまっている。凄い早業《はやわざ》だ。

「あっ、あん、私もベッドの上のほうがいい」

奈津子が肌襦袢《はだじゅばん》の上で真っ裸になって開脚していた。巨乳だった。仰向けになっているので、大きな鏡餅のように見える。その上に苺《いちご》のような乳首。

「克己っ。おまえも早く、その女を脱がせろっ」

オヤジにまくし立てられた。なぜ、そうまで女を裸にしたいのか藤倉にはわからなかったが、取りあえず自分の欲望を満たすためにも、電信柱にしがみついている沙也加の帯を解いた。

「えっ、やめてください。本当に着付けしてくれるんでしょうね……あっ、もっと奥まで突いてくださいっ」

沙也加は脱がされることに抵抗しつつも、より深い抽送を求めてきた。

――望むところだ。

自分の出生の発端がこの近くの路上だったと知ると、俄然《がぜん》、発情してきた。これは路上セックスの癖が自分にも遺伝されているということだ。

沙也加を真っ裸にした。

着物が路上に翻る。その袖口から、転がり出るものがあった。注射器だった。

オヤジが手を伸ばして。押さえた。

「あんたら、やばいねぇ……」

拾い上げたオヤジはにやりと笑った。献血の際に使うポピュラーな注射器だ。薬液が既に入っていた。

――覚せい剤？

咄嗟《とっさ》にそう思った。この女たちの異常なほどの淫《みだ》らさは、覚せい剤を打っていたとすれば、納得できる。

オヤジがその注射針を組み敷いている奈津子の乳首に当てた。乳首は硬直した。

「ホールドアップ」

「あっ、許してくださいっ。それだけは」

奈津子が慌《あわ》てた顔をして、身体を捩《よ》じっている。オヤジの胸を両手で押して、肉の繋《つな》ぎを外そうとしていた。

――どういうこった？　覚せい剤常習者じゃないのか……。

オヤジは片手に注射器、もう一方の手で、奈津子の着物をまとめ上げて、遠くへと放り投げている。

「いやぁああ」

奈津子がオヤジを蹴った。びくともしなかった。

注射針を、あろうことかクリトリスに向けている。

「それ以上、動いたら、ここに打つぞ」

とんでもなくSな発言をしている。藤倉には意味がわからなかった。

「そっちの女の着物も早く、どっかにやっちまえ」

「えっ？」

藤倉は沙也加に挿入したままだった。金玉が女の尻たぼにくっつくほど、深く挿し込んでいる真っ最中だった。

「えっ、じゃねぇ。しょうがねぇなぁ……」

いきなり注射針を沙也加の尻に向けて、打ち込んでいた。

「いやぁあああああああああ」

打たれた沙也加の声がひさご商店街にこだました。


「おいおいオヤジ。覚せい剤所持者を使用者に仕立ててしまう気かよ」

マルボウ系の刑事がよく使う手だ。

ふたりは注射されるとすぐに、ぐったりとなった。眠ったようだった。オヤジが早業で、ふたりを電信柱に括《くく》りつけていた。

「覚せい剤と決まったわけじゃない」

お互いすでにズボンは元の状態に戻していた。射精していないので、欲求不満が残ったが、そんなことを考えている場合ではない。

「じゃぁ、なんなんだよ。その注射」

藤倉は真っ裸で電信柱に縛られている女ふたりを覗《のぞ》き込んだ。

「打ったらすぐに寝ちまったんだから、睡眠導入剤だろうよ……おまえはこいつらのスマホを探せ……だいたいバッグ一つ持っていねぇのが、最初《はな》から気になっていたんだ」

言われてみれば、このふたりは何も持たずに歩いてきていた。

藤倉はふたりの振袖を丹念に調べた。奈津子の袖からスマホが出てきた。電源が切られていた。スイッチを押した。ゆっくり立ち上がってくる。

オヤジは奈津子の頬を叩いた。眠っているのをむりやり起こしていた。

「あんたら、どこに勤めている？」

「……ストップ製薬です」

奈津子は目をようやく開きながら、言っている。

「で、こんな強力な睡眠導入剤を扱っているのかね……これは外科手術のときに使うもんだろう」

オヤジが星空に向かって針を掲《かか》げ、シュッ、と打った。残った液をすべて飛ばした。

「業務用の薬品を……持ち出しました……」

奈津子が首を垂れた。睡魔と闘っている顔だ。

そのときスマホの液晶に写真が浮かびあがってきた。

「えぇええっ」

藤倉は吠《ほ》えた。そこにアップされたのは、夕方『アンヂェラス』に行ったときの自分の写真だ。

「これ、なんでここに、俺の顔が入っているんだ……」

沙也加に向かって怒鳴った。

「同僚が撮りました」

「いったい、どういうことなんだ」

「六本木のクラブでよく会うロシア人に頼まれました。やらせて、これを打ちさえすればいいと……」

突如、馬道通りの方から、爆発音が聞こえた。

「おい、あれは、うちの方角じねぇか」

オヤジが音のした方角を指さした。

狼煙《のろし》のようなものが上がっていた。紫の煙がモクモクと幾筋も上がっている。

「まちがいねぇ。あれはうちのあたりだ」

藤倉も双眸《そうぼう》を瞬《まばた》かせた。

火柱が上がっているように見えた。

——いったいぜんたい、何が起こっている？

オヤジと共に猛烈な勢いで走った。

女たちは裸のまま、放置してきた。

ブロードウエイまで戻るとすれ違いに黒いワゴン車がひさご商店街に入っていく。

振り返るとワゴン車から、白人が数人降りてきて、女たちの紐《ひも》を解いている。

藤倉と目の合った男が指を突き立てた。鼻に絆創膏を貼っている。成田で藤倉を襲った男だった。

今度は奴がはっきりロシア人だとわかった。工作員なのかロシアマフィアなのかは判然としない。

しかし、自分とあの『黒く塗れ』を狙っているのはロシア人だ。それだけはもはや間違いない。

「俺の家に何しやがるっ」

オヤジも怒鳴っている。六十八歳がとんでもない速度で走っていた。

「お袋や家を燃やしたら、絶対に許さない」

藤倉は憤然となった。

馬道通りに入ると、家の前あたりには、近所の人たちが大勢、飛び出してきていて、騒然となっていた。

「なんだ、なんだ。どうしたっていうんでぇ」

人垣を分けて入ると、家そのものは燃えていなかった。

家の前にドラム缶が三個並べられていた。三缶とも、すでに真っ白な消火液に塗《まみ》れていて、いちおう鎮火しているように見える。

床屋の主人と扇子屋の女将が消火器を持っていた。

「びっくりしたぜ。大爆発の音がして、いきなり窓の外がオレンジ色に光ったから、何事かと思って飛び出したら、ドラム缶から火が噴いていた。だれがこんな悪ふざけをしやがったんだ」

と寿司屋の主人、佐藤哲夫《さとうてつお》。

「消し止めたから。消防車の発動は止めてもらったわね。警察の鑑識がまもなく来るみたい。現状をそのままにってよ……」

扇子屋の中村千恵子《なかむらちえこ》が自前の扇子で顔を扇《あお》いでいた。

「そうか、てっちゃんと、ちーちゃんが消し止めてくれたんだ。こいつはすまねぇ」

元火消しのオヤジが頭を掻《か》いた。悄然《しょうぜん》となっている。数々の火事場を踏んだ経験があっても、他人の家と自分の家は別物だ。

「っていうか、梅子さん、大丈夫？　さっきから声をかけているんだけど、見えないのよ」

千恵子が家の中を覗き込んでいる。

「なんだってぇ」

オヤジが家の中へと飛び込んでいった。梅子、梅子と叫んでいる。

藤倉は近所の人々に頭を下げながら、ドラム缶の中をひとつずつ覗いた。

中央のドラム缶に爆破装置が仕掛けられていた。

リモコン操作で、発射する単純なロケット弾装置のようだった。

そうとう古い製品のように見える。

鑑識が来る前に触れるのはご法度《はっと》だが、藤倉は、ドラム缶の底に腕を伸ばして黒い鉄の残骸《ざんがい》を取り出してみた。小型ロケット弾の台座だった。消火液を拭《ふ》くと、文字が見えた。

『SOVET』とある。

ソビエト……ロシアの旧国名だ。つまりその時代の軍事用ロケット弾ということになる。

元の位置に戻した。相当やばい組織に狙われていると直感した。

ロケット弾は空に打ち上がったが、界隈の他の場所で火災が発生していないところを見ると、空中で破裂してしまったようだ。

威力はさほどではないのだろう。

つまり犯人たちは爆撃を目的としていたのではなく、爆弾を花火のように打ち上げたわけだ。

——これは威嚇《いかく》だ。

それをしめす証拠が、左右のドラム缶にあった。

爆弾が入った中央のドラム缶の左側にある缶からは煙はまったく出ていなかった。覗くとドラム缶の底にスピーカーがついているのが見えた。

騒音装置だ。巨大な音だけが出る装置だ。実物の爆弾の百倍ぐらいに威力を感じたのは、ここから出ていた爆発音のせいだった。

さらに右側のドラム缶の中身は、黒煙筒の束だった。交通事故の際に警告用に使われる発煙筒は白か紫の煙が出ると相場が決まっているが、これは珍しい黒煙筒だった。軍事用以外では考えられない代物だ。

黒煙を張ることで、相手に恐怖を与えることもあるが、今回の場合は、あえて破壊力のない爆弾を打ち上げておいて、黒煙でその威力を倍増して見せたということになる。

音と煙で、小さな爆弾を大きく見せた。そういうことになる。

——戦国武将みたいな作戦を使う相手だ。

藤倉は歯噛《はが》みしながら、ドラム缶の周囲を見回した。何もない。もっとも軽いスピーカー缶を倒してみる。底に封筒が置いてあった。

とうとう直接、メッセージを受けることが出来たようだ。開封してみる。

一行だけのメモだった。ワードで打ってある。

〈アニド１９０５ゲラウラヴヒア〉

ちんぷんかんぷんだった。

「おいっ、おまえ、どこにいるんだ？」

オヤジがスマホを耳に当てたまま、玄関から出てきた。

「あんだとぉ、家が燃えているときに、てめぇは、深夜に美容室だとぉ……何が明日の初詣の支度《したく》だ……いや、家は燃えてねぇ。いいんだ、それだったら、いいんだ」

オヤジが軒先にしゃがみこんだ。

「なんかよぉ、えれぇ、疲れが出てきた。なんだ、こりゃ……ねむてぇ」

藤倉にも同じ症状が出ていた。家へ入ろうと、一歩踏み出そうとしたとき、急に体が重くなって、前のめりに倒れた。

そこから記憶がなくなった。

第三章　ジョニーの筋読み

1

「ユーたち、元日早々に招集して、悪いね。でも芸能界と諜報《ちょうほう》界には正月も盆休みもないから……」

情報局長の喜多川裕一が、ソファでウイスキーを飲みながら、数の子に箸を伸ばしていた。

ローテーブルの上に、おせち料理の入った重箱が広げられているのだ。

ちなみにウイスキーはジョニーウォーカーのブルーラベル。喜多川の愛用品だ。

一月一日。午後七時。日比谷の『霞が関商事』にチームKの四人が集められていた。

チームKとは、局長の喜多川の直轄《ちょっかつ》チームということだ。

メンバーは藤倉の他に、陸上自衛隊からの出向の江田武雄。それに元看護師の笹川玲奈と元警視庁交通課のミニパトガールだった浅田美穂の四人。

藤倉と江田が四十二歳。玲奈と美穂は二十四歳だ。

年齢数字の対称にこだわったら、このメンバーになったのだそうだ。喜多川は閃《ひらめ》きの人間だった。

それぞれの頭文字をとって局内ではFERA《フェラ》と呼ばれることもある。なんともいえない、呼ばれ方だ。

喜多川裕一は経営していた芸能プロを姪《めい》に譲り、楽隠居を決め込んでいたのだが、三年前に現政権にスカウトされた人物だ。

喜多川の卓越した演出力を諜報や捜査のトリックに活用させたいと考えた官房長官がなんども足を運んで、口説き落としたのだという。

「昨日の花火、演出効果抜群だったねぇ……星空に向けてロケット弾は華やかだ」

喜多川が言った。

――花火じゃねぇ、爆弾だ。演出でもねぇ。現実の恫喝《どうかつ》だ。

いつも通りの喜多川の解釈に藤倉は腹を立てながらも、集まったメンバーたちには頭を下げた。

「俺が、とんでもない土産物《みやげ》を買ってきてしまったために、みんなの正月を取り上げてしまって、申し訳ない」

江田がすぐに慰めてくれた。

「気にするなよ。家を爆弾で威嚇《いかく》されたなんて、ただ事じゃないよ。成田での襲撃から察するに、藤倉、秘密の売人に勘違いされたってことだな。毛生《けは》え薬って名目のドーピング除去液、その薬に相当やばい成分が入っているってことだろうよ」

おそらくその通りだ、二十八日に何がなんでもより正確な成分検査をしておくべきであった。

「それって、医療技官の樋口さんの責任じゃないですか。樋口さん、どうなっているんですか？」

笹川玲奈が真っ赤に塗った唇を尖《とが》らせた。

玲奈は中野のマンションで、大晦日《おおみそか》にクラブで引っ掛けた黒人ＤＪとセックスをしていた最中に、喜多川から諜報員電話《エージェント・コード》がかかってきたのだそうだ。

「まだ、昇《い》っていなかった」ということで、そうとう機嫌が悪い。

「樋口君も呼んでいるよ。彼も玲奈ちゃんと同じでまっ最中だったみたいで、あとちょっとだ、と言っていました。すぐにどこかで試液を入手してくるそうです」

ほろ酔いかげんの喜多川が言った。喜多川は、目下に対しても敬語をつかう。

「えぇ、樋口さんは、射精してからなんですか。私は、ぜんぜん〈まだ〉だったんですよ。さんざんフェラして、挿入した直後に局長から電話あったんで、すぐ抜いてきたんですよ。あぁ～損した」

「諜報員と医療技官とでは立場が違いますから」

喜多川はジョニーウォーカーをグラスに注《つ》いでいる。

「玲奈ちゃんは、暗号の解読をしてくれませんか」

喜多川は藤倉が渡したメモのコピーを渡している。

例の〈アニド1905ゲラウラヴヒア〉だ。

「な、なんすか、これ？　アラブの呪文？」

「そうかもしれないが……わからないから、解析してほしいんだよ。ユー、わかっていないね」

喜多川が肩を竦《すく》めた。眼が遠くを見ている。この顔をしたときは怖い。

「すみません」

レザースーツ姿の玲奈が自分の席に戻りパソコンを立ち上げた。解析を始める気だ。

「で、美穂ちゃんは、警視庁の交通課センターから、防犯カメラ情報を集めてきてください。成田空港から昨夜の浅草まで、関連性のありそうな車や人物のデータをぜんぶあげてきてください」

「えぇぇぇ～。それ、超面倒くさい任務じゃないですかぁ。どんだけ時間かかるかわかりませんよ……私、昨日、東京ドームでカウントダウンコンサート見てきたし、超眠いんですけど……」

浅田美穂は双眸《そうぼう》を擦《こす》りながらしぶしぶ出て行った。

日比谷公園を突っ切って歩けば、桜田門まではすぐだ。古巣の交通課には、美穂のやり友がたくさんいるから、テープが揃うまでに、それほどの時間はかからないだろう。

「藤倉君と江田君は、虎ノ門のＣＩＡジャパンに行って、ワシントンの『ドラッグストア・モスクワ・クレムリン』という店の情報を教えてもらってきてください。ＣＩＡは、たぶん完璧に把握《はあく》しています」

そう言うと、喜多川がグラスを持ちながら、窓際の自席へ歩いて行った。

八十二歳の喜多川は、ピアノを弾くように鮮やかにパソコンのキーボードを叩《たた》き始めた。

外国人アーティストの招聘《しょうへい》を手掛けたこともあるこの老人は、二十代の頃から英文タイプを打つことに慣れていたのだそうだ。

「爆弾まで仕掛けて、藤倉君から取り戻したい薬って、ただの毛生え薬でも、ドーピング除去液でもないねぇ……」

喜多川が、どこかにメールを打っている。おそらく米国防総省《アーリントン》の上層部の誰かに調査依頼をしているのだ。

この老人の人脈は広い。GHQ占領下に、米軍キャンプにジャズバンドを手配したのが芸能事務所を起こす始まりだったというが、その頃知り合った将校たちの後輩、子孫といまだに交流をつづけている。

現在のペンタゴンにも、マクレーン《CIA》にも喜多川を「グランパ」と慕う人間が何人もいるのだ。

喜多川はしばらく、キーボードを打ち続け、時おり首を傾《かし》げ、またキーボードを打っている。なにかヒントになることを得たらしい。

「すこし読めてきた。面倒な集団がいるみたいだ……」

「たしかに成田で出会った連中はかなり面倒な連中でした。ロシアマフィアと日本のヤクザの合体みたいな感じでしたが……」

「いいや、もっと厄介《やっかい》な背後組織だ……マフィアやヤクザだったら、桜マークの組対部に任せたほうがいいけれど、この相手、ひょっとしたら、そもそもうちの管轄《かんかつ》なのかもしれない」

「ってことは、どっかのエージェントですか」

一番考えられるのはFSBだ。FSBとはロシア連邦保安庁だ。かつてのKGBの後継組織で対外諜報ではCIAとならぶ巨大組織だ。

もしもFSBが相手となったらとんでもない組織を敵に回したことになる。

藤倉と江田は、すぐに局長席の背後へと歩み寄った。喜多川の背後に立つと、パソコンの画面はすでに切り替わっていた。

またまた肩透かしを食らった。

各種チケット予約センターのページが開かれている。

「なんですか？」

「歌舞伎見たいと思ってね」

「はい？」

と藤倉。

「冗談だよ。爆弾を仕掛けられそうなイベントを探している」

「はい？」

と今度は江田が、目を丸くしている。

喜多川という老人は、常に話を省略して言う癖がある。聞いているほうにしてみれば、表現が飛躍しすぎていて、意味を捉えづらい。

「俺らにも、わかるように言っていただけませんか……」

藤倉が頼んだ。

「説明するのが、面倒くさい。たぶんＣＩＡジャパンでもおおよそ同じ組織について教えてくれるから、そこで把握しなさい」

喜多川がイベントをスポーツ系に絞り始めていた。おそろしくキーボードを打つのが早い。

「局長が把握しているのなら、俺ら、ＣＩＡジャパンに聞きにいかなくてもいいんじゃないですか」

藤倉は粘《ねば》った。手間が省けるなら、そのほうが楽だ。

「いま私の取った情報はアーリントンからだ。ユーたちがマクレーンのほうで裏を取ってくれれば、この情報は完璧になる」

せわしなく手を動かしながらも、口では別なことを指示してくる。まったくボケていない八十二歳だ。

「テロリストが爆弾を仕掛けるとしたら、どこだろう？」

「はい?」

今度は藤倉と江田で声を揃えて聞いた。

「どうしてドーピング除去薬から、爆弾テロへと飛ぶんですか。まずは覚せい剤系統を疑うのがセオリーでしょう」

自席で暗号文の手がかりを探していた玲奈も、声を荒げている。

「僕に質問をする前に、ユーはなんか摑《つか》んだの?」

喜多川が画面から目を離さずに言っている。

「片仮名はまるっきりわかりません。アニドもゲラウラ……ええと……ヴヒアも、いろいろ打ち変えても、お店の名前すら反応しませんね。1905というのは、西暦の年度としてとらえるのがポピュラーかと。明治三十八年です。ほかに株式速報の1905というのと、製作中止になった映画『一九〇五』というのがあります」

「その年には何があった?」

喜多川が確認した。オーソドックスに年度に反応している。

「……俳優の志村《しむら》喬《たかし》さんが生まれています」

玲奈は流し読みをしているようだ。

「素晴らしい俳優だった……」

「アメリカの俳優のヘンリー・フォンダも生まれています」

「ユー、一九〇五年生まれの人を読んでいない？　そうじゃなくて、その年の主な出来事が先でしょう……」

喜多川が目を吊り上げた。怖い。

「はいっ、すみません。日露戦争でした……うわぁ、いきなり日本とロシアが戦争しています……リアルすぎる」

玲奈が悲鳴をあげた。

「それ、大きなヒントになるんじゃないかな」

喜多川の目尻が痙攣《けいれん》した。

日本とロシアが戦争……一回戦ったことのある仲だけに「また」もあり得る。歴史の彼方にある話のようだが、日露戦争は、ほんの百十年前の話だ。

藤倉は映画で見たバルチック艦隊を思いうかべた。日露戦争と言えばバルチック艦隊と二〇三高地だ。

「遅くなりましたぁ」

そこに医療技官の樋口敏行が、戻ってきた。

2

「厚労省に行って、どうにか、反応させる試薬を手に入れてきましたよ。ちょっと待ってください。そのアンプルの成分、調べますから」

入ってきた樋口がポケットから取り出した箱を掲げて見せた。試薬のようだ。

藤倉は『黒く塗れ』を箱ごとすべて持ってきていた。

樋口がそれを受け取り、わざわざ白衣に着替えて実験室《ラボ》の中に消えて行った。

『霞が関商事』内には、ラボがふたつある。

化学ラボと物理学ラボだ。広さと能力は国立大学の研究室に匹敵する。

化学ラボでは主に危険薬物の鑑識や消火作用を倍加させる液体開発を担《にな》っているが、同時にＦＩＡ課報員のための筋肉増強薬などの開発もしている。

課報員はスポーツ選手ではないので、人体に影響のないレベルであればどんな増強薬を使ってもいいのだ。勝つためなら、何でも飲めと言われている。

藤倉は消防士だったときよりも体が丈夫になっている。

物理学ラボのほうでは、小型爆弾や、ＦＩＡ特製拳銃などの製作を担当している。工学博士の学位を持つ研究員が十名ほど在籍しているが、いずれも映画『００７』シリーズの武器開発科学者Ｑに憧れている連中だ。

いろんな銃やマシンガンを作ってくれている。

現憲法下では武器の製作は出来ないので、表向き狂言用のモデルガンの開発ということになっているのだが、ほとんど本物として使用できるレベルのものだ。

ちなみに最初の一年目で、ＦＩＡ物理学ラボでは消防車を戦車にリフォームすることに成功した。

ＦＩＡはすでにこの車両を五台ほど所有している。見た目は消防車だが、ホースから液体爆弾を発射させられる優れものだ。

江田が自衛隊の訓練地で、その効果を試している。

樋口は化学ラボに入って十分ほどで、戻ってきた。

「これ、やっぱりロシアが開発した最新型のドーピング薬を、試合終了後にすぐに隠蔽《いんぺい》してしまう薬品です。こいつを飲むだけで、三分ほどで、尿反応も血液反応も消すことが出来ますね。適応はあくまでも、最新型にだけですが……」

白衣を着た樋口が両手を広げて、肩を窄《すぼ》めた。

どうして医者とか科学者というのは、仕事をするときに、たいして必要がない場合でも白衣を着たがるのだろう。ある種の職業顕示欲であろうか。

どうでもいいことだった。本当に、これは、どうでもいいことだった。ただ、防火服をやたら着たがる消防士はいない。

「とりあえず最新型の痕跡をなくしたいんでしょうからね……購入者側の心理としては」

江田が喜多川に聞いている。

「それはそうだろう。ロシアのほうも大量に売りさばいているのだから、こちらもセットで買ってほしいはずだ……というより、ふつうセットで販売しているだろう……正式ルートではね」

と喜多川。

「正式ルート？」

玲奈が聞いた。

「ドーピング薬や、それを除去するための薬に闇ルートのほかに正式ルートってあるんでしょうか……」

この女、机の角に股間を押し付けている。セックス中に呼び出されたと言っていたが、昇天していないから、欲求不満を解消するために、机の角で、オナニーをしているのだ。

本人はさりげなく押しているつもりだろうが、男はみんな見抜いている。

「ロシアは旧ソ連の頃から、ドーピング薬の開発に関してては国家としてかかわっていたはずだ。オリンピックや世界大会レベルで金メダルを取ることが、国威発揚に繋《つな》がると考えている。それがひいては為政者の評価も高まることになるから、必死だったわけさ……やりすぎて、世界反ドーピング機構【ＷＡＤＡ】の的に掛けられてしまった……」

喜多川は言いながらも、イベント情報のページを盛んに追っている。

「ということは、今回の『黒く塗れ』の販売にも国家が絡んでいるとすれば、僕を襲ってきたのも、ＦＳＢでしょうか……」

藤倉は胸に手を当てながら聞いた。心臓がバクバクしてきた。ＦＳＢの本格的な工作員の手にかかったら、自分などひとたまりもない。自分だけならまだしも、浅草の実家や妻の小春にまで、手を伸ばされたら困る。

そうだったら、内閣情報調査室《ないちょう》やＣＩＡジャパンに助けを求めたい。

「いやぁ～」

喜多川が両手をあげて伸びをした。首を回している。いちおう老人だ。ちょっと疲れたみたいだ。

「……ＦＳＢってことはないと思うんだよね。ＦＳＢだったら、もうその毛生え薬、持って帰っていますよ。ドラム缶に爆弾しかけたんでしょう。そんな暇があったら、中に入って、持ち帰っていますよ。ちょっとそこのジョニー取ってくれない」

と喜多川。藤倉はローテーブルに置いたままになっているジョニーウォーカーのボトルを取ってきた。

「僕はね……」

と喜多川はジョニーウォーカーをグラスに注ぎながら、一呼吸置いた。自分の説を伝えるときには、もったいを付ける性格だった。

新しいショーの演出プランを考案したときも、スタッフの前では、こんなふうだったらしい。

「ユーをね、モンゴル人と勘違いして、販売したところまでは、あくまでも、ドーピング除去薬かあるいは、それ以上になんらかの非合法的な要素のある薬の密売だったんだろうね。モンゴルで試すべき薬だったんだと思う」

喜多川がようやく核心を突いた。

「非合法の要素のある薬物ですか？　それだったら、樋口が最初に見たときに、わからなかったのでしょうか……。成田税関の別送品の検疫も難なく通ったのですよ……」

江田が言った。『黒く塗れ』が、もし通常の覚せい剤であれば、成田の検疫をそうたやすく抜けられるものではない。そばにいた樋口が足をがくがくと震わせた。

「それがですね……」

樋口が口を開いた。

「なんだ?」

喜多川がぎょろりと目を剝《む》いた。

「先日はわかりませんでした。従来の試験薬では、これまでのドーピング除去薬とは成分が違うところまではわかったのですが……こんな仕掛けがしてあるとは、気付きませんでした」

「なんだって?」

江田が樋口の胸倉《むなぐら》を摑んだ。

喜多川が制した。

そしていかにも「最初から知っていたよ」という顔で、樋口の先回りをした。

喜多川はそういう性格の老人なのだ。

「アルコールと混ざると、覚醒《かくせい》反応を起こすんでしょう」

「そ、そうです……」

「だから、藤倉君も、お父上も、とてつもないパワーが出た。さらに言えば発情もした。脳の覚醒神経で合流したわけですね」

「そういうことです。単独成分では、ドーピング除去薬にしか見えないところが、実は新発明に近いのです……酒やウイスキーといった、これまた合法的な別成分と混じると覚醒効果を発揮します。ひょっとしたら、もっと、別な反応を起こす可能性もあります。そこはこれから、さまざまな試薬と混ぜ合わせて、調べてみないとわかりません……」

樋口がきっぱりと言った。

徐々に霧が晴れてきた。

あれはやはり、大きな意味では覚せい剤だったのだ。

「では、喜多川局長が、その薬品の回収がFSBではないという根拠は？」

「さっきも言ったように、回収する気なら、昨夜持っていけてたでしょう……なのに爆発までしかけて、帰っていった……これは挑発ですよ。それも藤倉君に対しての挑戦状なのだと思います」

喜多川が強い視線で藤倉を見た。

「な、なんですか……俺が諜報員だとバレたんですか？」

「そこまではわからないけれど、でも藤倉家が消防一家だということぐらいは、ご近所への聞き込みでわかったんじゃないですか……消防士と対決してみたいと思ったんじゃないですかね」

「それ、どういう性格の相手ですか？」

「相手の集団の中に、爆破テロのマニアがいるということです。ドラマチックじゃないですか……火消しに挑戦する放火魔……まぁ爆破テロリストも、でっかい放火魔なんですからね……僕なら、そういう筋書きを作る。相手は、きっと僕と同じハイセンスな人間です。そうでもなければ、あんな、星空に爆弾を飛ばして、空中爆発をさせるなんていう、洒落《しゃれ》たことをするはずがない……という訳で、彼らは爆破テロを仕掛けてきます。それがどこか、いま探しているところです」

喜多川はふたたび液晶画面のページを捲《めく》った。

「ロシア関係ですからね……江田君、あなたならどこだと思いますか」

突然質問をしてくるタイプだ。だが、だいたいこういうときは、喜多川のなかですでに答えがでているときなのだ。

「ロシアって、バレエとかにも、力を入れていませんでしたっけ？」

江田が答えた。喜多川が、嘲笑《あざわら》った。

「この事案《ものがたり》は、ドーピングが小道具になっているので、とりあえずバレエではありません」

喜多川は事案の構図を読むときに必ず、自分の演出プランを重ね合わせる。ばっさり江田の案を切り捨てたところをみると、筋はもうはっきり見えているらしい。

「玲奈君はどう思う?」

「スケートって、ロシア選手多いですよね」

玲奈が、自信ありげに答えた。

「おしいね、スポーツだとは僕も思うけど、スケートは会場がアリーナばかりだ。僕なら、アリーナは狙わない」

喜多川がきっぱりと言った。ほとんど仮説が出来上がっている証拠だ。

「なんで、アリーナは狙わないのですか」

藤倉は聞いた。

「屋根のあるところは、爆発の派手さが出し切れない」

その観点がわからない。

「あの爆破テロに、見た目の地味や派手って、関係ありますかね」

と玲奈。

ボールペンの尾で股間を弄《いじ》っていた。クリトリスを突いているみたいだ。

「派手か地味は、おおいに関係あるね」

喜多川はまた断言した。

「同じテロリストでもね、爆弾を扱う人間は、派手好きだと思うんですよ。ナイフ系を使う人は地味で、暗いですけど。爆破系の人は、やっぱ陽気だと思います」

喜多川流キャスティングだ。

「そんなもんすか?」

「そういうものです」

「ということはスタジアムですかね」

「その通り、ユー、いいね。爆発が一番派手に見える舞台は、スタジアムしかない」

喜多川は満面の笑みを浮かべた。自分の企画が通って嬉《うれ》しいといった顔だ。

「だけどねぇ、藤倉ちゃん、二月までの間に、スタジアム系のスポーツイベント、十箇所ぐらいあるんだよ。どこかねぇ」

さすがに、喜多川もそれ以上はまだ絞り込めずにいるようだった。

3

藤倉は江田と共に虎ノ門のアメリカ大使館を訪ねた。リクリエーション室へ通される。スポーツジムのような部屋だが、なぜか林《はやし》佑樹《ゆうき》はスロットマシーンに向かっていた。

「ようこそＣＩＡへ。俺もおふたりさんを待っていたところだ」

藤倉たちが近づく気配を感じたのか、林が背中を向けたまま、片手をあげた。

この男はいつも明るい。

「なんでスロットマシーンなんかやっているんだ？　べつに換金出来るわけでもないだろう」

藤倉が手土産に持ってきた缶ビールのプルを引くと、林はすぐに振り返った。

「日本でもカジノ法案が通ったので、いろいろ工夫しておこうと思って。これ、ラスベガスのゲームメーカーからの売り込み品なんだよ。この中にカメラや指紋抜き取りの装置を仕掛けられないか、調べていたところさ。カジノはスパイとマフィアの交差点みたいな場所になるからね」

林も缶ビールを手に取った。

「まったくＣＩＡは先に先に進むなぁ」

江田がルームランナーに乗って、軽く走り出した。

「江田、気をつけろよ。それおまえの体重や足のサイズのデータを取り込むための機材だぞ……」

ＣＩＡはいたるところに、人物情報を抜き取る仕掛けを施している。スポーツクラブでは体格データを、ネットカフェでは客のアクセス情報を、そしてキャバクラやソープ、ホストクラブにまで、諜報員を送り込み、ターゲットの弱みを摑んでいる。

「諜報界の最大手というのは、どんどん新機材を投入してくるんだな。林もそろそろ本国採用になるんじゃないか……」

藤倉が聞いた。

「いやぁ、外資はそれほど甘くはないってば。現地採用者は採用国から出ることはないね。ただね、CIAジャパンも分社化の動きがある。日本の県警単位に所轄《しょかつ》を割るっていう案でね……そうなれば俺もどこに飛ばされるかわからない」

「へぇ～、CIA東京とかCIA長崎っていう具合になるんだ」

「そういうこと……で、めっちゃ人手が足りなくなる」

林はこれ以上忙しくなるのは、うんざり、という顔をした。

「新聞の求人欄で『スパイ募集』ってわけにもいかんしな」

と江田。今度は自転車を漕《こ》ぎながら言っている。

「でね……業界内からの転職希望者を募ろうってことになっている。俺のほうも待っていたのはそのことなんだ。おふたりさん、CIAに転職しない？」

正月にいとも簡単にアポがとれた理由がわかった。林は引き抜きのミッションを負わされているのだ。

「わかった。検討する。ただし、俺は首都圏限定だ。いまさら遠隔地への転勤はいやだ」

藤倉は林の気を引くために即答した。

「俺はどこでもいい。もともと陸上自衛隊出身だ。山の中の駐屯地《ちゅうとんち》ばかりを回っていた時代もあるから、どんな僻地《へきち》でも構わない」

江田も即答した。

林はにやりと笑った。

「そこにある申込書に志望動機と簡単な身上書を記入してくれないかな。履歴はもう俺が把握しているから……」

と、ダンベルの脇にあるA4サイズの用紙を指さした。『CIAジャパン・諜報員申込書』が山のように積まれていた。

——ユーモアのかけらもないタイトルだ。

喜多川だったら、もっと魅力的なコピーを付ける。「ドリーム・オブ・スパイ」とか「キミもあすから007」とか、そんなタイトルだろう。

藤倉はすぐに記入した。江田も書いている。封筒に入れて林に渡した。

「おまえは見るな。人事担当者にだけ読む権利がある」

「わかった。応募の守秘義務は守る」

「で、ＦＩＡを離れるにあたって、置き土産が欲しい。協力してくれるか？」

藤倉は鷲鼻《わしばな》を撫《な》でながら言った。この特徴を林に察知されていたら、アウトだ。藤倉は後ろめたいことがあると鼻を撫でる癖があるのだ。

「もちろんだよ。狭い業界だ。立つ鳥跡を濁さずという諺《ことわざ》がある。そっちが役立つ情報を渡すよ」

よほど人員確保のノルマがきついらしい。林はいつになくオープンだ。

「ワシントンにあるドラッグストア『クレムリン』の背後関係を知りたい」

藤倉がずばり聞いた。

「あぁ～、ネオ・ソビエトの拠点かぁ」

林があっさり言った。

「それって、諜報界では有名な組織なのか……」

知ったかぶりせずに確認した。

「いやいや、ずっと寝ていた組織だ。ロシアでも厄介扱いされている組織でね。一度はロシア情報保安局《ＦＳＢ》の手で潰《つぶ》されたんだけど、あの国の懐古派には人気のある組織でね
……」

ロシアの懐古派というのは、ソ連時代の共産党一党支配時代がよかったとする連中のことだ。

「ベルリンの壁が破れて、もう三十年になるけどな……」

「流行っていうのは、だいたい三十年サイクルでやって来る。日本人がバブル時代を懐かしむように、ロシア人はソビエトを懐かしんでいる」

「人間誰でもあの頃は良かったと言いたがる癖がある。現状逃避にはそれが一番だからな……」

江田が口を挟んで来た。

「組織名は、ネオ・ソビエトというのか？」

藤倉はソビエトという言葉を脳内で反芻《はんすう》した。思い出した。

——ロケット弾の台座についていた文字だ。

ベルリンの壁崩壊は藤倉が小学四年生の時だった。その頃以来ソビエトという国名は聞かなくなった。ペルシャやビルマと同じように、消えた国名は、知ってはいても場所すらピンとこない。

林が教えてくれた。

「ネオ・ソビエトというのはイデオロギーの名称であって組織名じゃない。何派かに分かれているけれど、二年前に結成された『ペテルブルグ旅団』というのが、一番過激だ。ソ連の復興を夢見ている。アメリカに対抗する大国はチャイナではなくて、ソ連だという考え方だ。七十年間二大国家として、しのぎを削っていたあの頃が、もっとも良かったと考えている」

「ということはバリバリの共産主義者か？」

「それがそうでもない。メンバーのほとんどは、二十代、三十代の若者だ。ソ連共産主義時代を知らずに育った世代だ。つまり、現状不満の若者集団ということだよ。モスクワのクラブで喧嘩《けんか》に明け暮れていた連中が、爆弾遊びを覚えた。そんなところだ」

「なるほど……ヤクザが政治結社を作ったようなものだ」

江田がうまい譬《たと》えをした。

「そういうことだね。首謀者のプチノスはロシアマフィアだが、頭のいい奴だ。ただの私利私欲をたくみに政治的闘争と言い換えるのがうまい。そのイケメンのマスクと口のうまさで、モンゴルやフィリピンのシンジケートをも操り始めている。もともとはモスクワや東欧各国のクラブで、覚せい剤を売っていたこともある連中だ。それが最近は調子に乗って爆弾まで扱うようになった」

「なるほど……」

藤倉には合点がいくことがいくつもあった。

おそらく『ペテルブルグ旅団』がロシアが国家として加担していたドーピング薬を買いたたいて、大量所持しているのだ。そして倉庫は隣接するモンゴルだ。恐らくモンゴルマフィアと提携している。ここから世界中にばらまいているが、売っているのは、ドーピング系統だけとは限らない。

「モンゴルの草原のどこかに、移動式の加工工場があるんだよ」

林がさらに核心を教えてくれた。

ドーピング薬だけではない、新式覚せい剤を精製する加工工場だ。テントで草原を移動する習慣のあるモンゴルに目をつけたわけだ。

現実に起こった現象と、林の説明がどんどん繋がってくる。

「世界的に販売しているのは、フィリピン人かね?」

最後のそこを聞いた。

「その通り……もともと太平洋エリアの麻薬販売の拠点はフィリピンだった。優秀な売人《プッシャー》が多いことでも知られている。ところが、いまや大統領になったドゥテルテがダバオの市長になった頃から、麻薬取引が厳しくなった。売人たちはダバオはもちろんマニラですら活動が出来なくなった。『ペテルブルグ旅団』は、フィリピンシンジケートをそっくり傘下に入れたのさ。麻薬に精通した売人たちを全世界に派遣したんだ」

これは凄《すご》いことだ。

覚せい剤の製造元をモンゴルに、販売を優秀なセールスマンであるフィリピンギャングに委託する。それを仕切っているのはロシアのマフィア。

大義名分は「ソ連の復権」。

これは映画が一本撮れる話だ。

「最後にもうひとつだけ聞く……『1905』ってなんだ？　日露戦争をもう一回やろうって話か？」

藤倉は帰りの準備をしながら聞いた。

「ありえる。それと1905年は、ロシアではじめて労働者たちの評議会、ソビエトが誕生した年だ。場所はペテルブルグ。そういうことだ。『1905』はおそらくそのドーピング除去薬を裏向きで購入する際の符牒《ふちょう》だろう。『黒く塗れ』は商品名にすぎない……」

全部読めた。俺は覚せい剤の加工薬を買うモンゴル人になってしまったわけだ。だから怒っているんだ。

「わかった。完璧な置き土産が出来た。整理整頓して、そうそうにこちらの面接を受けに来る」

藤倉は手を差し出した。林と握手する。

「藤倉ちゃん、当分気を付けてよ。『ペテルブルグ旅団』は、基本、金儲けだけを企《たく》む不良集団だけど、メンバーの中には爆弾マニアもいるんだ。それも女子だ。二十八歳の元重量挙げ選手だったらしい。選手としては無名だ。ジェシカ・スプートニクと呼ばれている。『ペテルブルグ旅団』が雇った爆弾のプロだ。曾祖父《そうそふ》を日露戦争で亡くしたことを恨んでいる。藤倉ちゃんを狙うとすれば、彼女だ」

「なんで、俺が狙われる……」

握手をする手に思わず力が入った。

「藤倉ちゃんが、消防士だからだ。もう在日のロシアマフィアやフィリピン売人たちからワシントンに藤倉克己のプロファイルは流れていると思ったほうがいい」

見事にジョニー喜多川の筋読みと一致した。

帰り道、虎ノ門への坂道を下りているところで、江田が聞いてきた。

「申込用紙になんて書いた?」

「あぁ、条件として年収五千万と書いた」

江田が笑った。

「CIAはケチだぞ。俺らと同じ齢《とし》の林が五百万ちょっとだって言っていた」

「それでも消防庁よりいいんじゃないか……消防士って、仕事のきつさに比べて、給料安いよ……お前はなんて書いた?」

「実はもう六十三歳だと書いた。心臓と足腰が弱っている……と」

江田は軽やかな足取りで、坂道を下りていた。

「お互い、偽装の才能がある、と採用される可能性が出てきたな」

4

江田とは虎ノ門の駅で別れた。江田は『霞が関商事』には戻らず、六本木のフィリピンパブに行くという。防衛省が六本木に本庁を構えていたときに、よく通ったパブが元日から営業しているのだそうだ。『1905』に関して聞き込みをすると言っている。ひょっとしたら、新型覚せい剤が東京にも出回っている可能性もある。

藤倉は『霞が関商事』に戻った。

笹川玲奈がひとりだけ残っていた。パソコンの前に座って真剣に画面を見ている。暗号解析に余念がないらしいが、『1905』に関してはCIAで解明していた。そのことは電車の中からメールしていたので、カタカナの文字に四苦八苦しているらしい。

「あれ、ジョニーさんは？」

藤倉が尋ねると玲奈は真っ赤な顔をあげた。風邪でもひいてしまったのだろうか。

「帝劇にミュージカルを観に行きました。観終わったら、官邸で、内閣情報調査室《ないちょう》、公安《さくら》、防衛省情報局《さんぼう》との緊急会議だそうです」

緊急でも、その前にミュージカルを観て行くというのが、いかにも喜多川らしい。

「樋口は？　実験はすんだのかな」

「大騒ぎになりました。あのドーピング除去薬、沸騰《ふっとう》させて百度になると、爆発する液体なんだそうです……樋口さん『湯沸かし爆弾』って呼んでました。あのアンプル一個で、手榴弾《しゅりゅうだん》より大きな効果があるそうです」

「ええええええ、なんだそれっ」

「それで緊急会議の招集になったんです。樋口さんは、さらに確度の高い検証をするために、厚労省のラボに行っています」

玲奈がわなわなと唇を震わせている。

藤倉は青ざめた。家の中で沸騰しなくてよかった。

毛生え薬をお湯に入れて、コンロに掛けるという発想はまったくなかったが、やらなくてよかった。

犯人が家を焼こうとしなかった理由も読めた。火の海となった家の中で、あのアンプルが割れて流れ出したら、大爆発を起こしていたことだろう。アンプルは都合百個ほどあったはずだ。百個の手榴弾が爆発したことになる。そうなれば、町内一帯がふっとんだかもしれない。

藤倉は失禁しそうになった。恐怖で勃起した。

玲奈の視線が、藤倉の股間に寄せられた。黒のスーツから盛り上がっているところを見られる。

かっこ悪いが、生理現象だから仕方がない。看護師だった玲奈にはわかるはずだ。

玲奈は唇をきつく結んで、肩を震わせていた。

彼女だって、恐怖心を持ったに違いない。

樋口が実験している間、この部屋には手榴弾が山積されていたということになる。知ってしまった以上、震えるのも無理はない。

「すまない。まさか爆弾を土産にしていたとは、夢にも思わなった」

「藤倉センパイ、まだ薬、効いているんですか……」

玲奈にねっとりした視線で見つめられた。

「いやいや、これは薬のせいじゃない」

「ところで、暗号はわかったのかよ。アニドにゲラウラなんとか……」

言いながら玲奈の席の背後に回った。

「あっ、勃起したまま、こっち来ないでください」

「いや、そんなつもりじゃ……ええええ、おまえ、なに見てんだよ」

玲奈の目の前に置かれたデスクトップ型の液晶画面には無修正動画が流れていた。黒人男がOL風の女を、ガンガンついている映像だった
「わっ、見ないでください。【アニド】とか打っていたら【兄と】が出てきて、そのまま検索していたら【兄と、いつの間にか……】って動画になってしまって、エロ動画だったんです」

「でも、今見ているのは違うじゃないか……これ、黒人物じゃん」

画面ではスキンヘッドの黒人が閉店後のクラブらしい場所で三人の女を相手にしていた。OL風、女子大生風、水商売風の三人だ。

男優なのだろうが、羨《うらや》ましい限りだ。

「最初の動画から、どんどんサーフしているうちにこれに辿《たど》り着いたんです」

玲奈の鼻孔《びこう》が開いていた。眼の下もすっかり赤く染まっている。

「黒人好きなんだ……」

そういえば、元日から黒人とやっていた、と言っていた。

「早く帰ったほうがいいんじゃないか……男が勃起したまま待っているんじゃないか……すまん、オッサンの俺が言うことじゃない」

セクハラまがいのことを言ってしまったことを詫びた。

「帰りませんっ……これ、私が昨日、六本木で拾ったボブですっ。ここに映っている女三人も、みんな店の常連。あぁあ、頭にきた」

「ええぇええ」

爆弾とはまた違った意味で驚いた。

玲奈がいきなりスマホを取り出した。電話している。

「ボブ！」

と叫んだ。

藤倉は後ずさりした。

──関わりたくねぇ。

しかし、椅子に座ったままの玲奈に股間を摑まれた。

見下ろすと、彼女の眼は完全に血走っていた。発情と嫉妬がごっちゃになっている女ほど怖いものはない。

藤倉は立ちどまった。

「藤倉センパイ、勃起しているのなら、ちょっと貸してください」

玲奈がいきなり藤倉のファスナーを開けた。

「いやいやいや、何をする」

言葉では抵抗したが、なすがままにされた。

べろんと肉茎が飛び出した。それを玲奈の手にしっかりと握られた。

──おぉっ。

こんなことをしている場合ではないのだが、職場の女の手扱きを断ち切る勇気はなかった。

「ボブ……オユシュオ?」

映像を見ながら、英語でまくしたて始めた。ときおりスマホのレンズをパソコン画像に向けている。

証拠を突きつけているのだ。怖い。たぶん相手はうろたえているだろう。

「ワシュライドゥ?」

そう聞こえたが意味はまったくわからない。

そもそも英語が苦手な藤倉には、激怒している女の早口英語などわかるはずがないのだ。

その後も玲奈はボブという黒人男を罵《のの》り続けた。たぶん「このちんこ野郎」とか「金玉潰してやるっ」とか言っているみたいだ。

——まじ怖ぇえ。

そう言っている女の手に、ちんこも金玉も握られているのだ。

茫然《ぼうぜん》としている藤倉に、玲奈が上目使いに日本語で言ってきた。

「私、頭に来ているんですけど、めっちゃ濡《ぬ》れているんです。収めるためにも、センパイ、一発やってくれませんか。そうじゃないと、もう仕事に集中できなくて……割り切ってお願いしますっ」

けなげな表情で、頭を下げられた。

「嘘ぉおお」

ここは商社に偽装していると言っても、日本四大情報機関のひとつＦＩＡのオフィスだ。そこで後輩諜報員とエッチはまずいだろう。

「メビ、アキルユ」

たぶん殺すって言っている。これはわかった。アイ・キル・ユーだ。言いながら玲奈は椅子から半立ちになり、いったん藤倉の肉茎から手を放すと、自分でパンティを降ろし始めた。

黒のパンティだった。フロントの上部が少し透けている。かなりいやらしいデザインのパンティだった。片足ずつ上げて、小さな布切れを足首から抜き去った。

「センパイ、スカート、捲ってください」

玲奈はスマホをデスクの上に置いて、その画面に向かって怒鳴っている。

「ゲラウラ」

そう怒鳴っている。ゲラウラ？　聞いたことがある言葉だ。

「早く、挿入してくださいっ」

両手をデスクの端に置いて、ガバリと足を開いている。スカートが引きあがって、筋肉質な玲奈の太腿《ふともも》が現われた。

もう我慢など出来るものではない。

藤倉はスカートを捲り上げた。ベロンと捲った。鏡餅のような臀部《でんぶ》が露見した。尻の割れ目の奥から、陰毛が見えた。とんでもなくいやらしい構図だった。

その紅い中心部を、じっと見つめてしまった、本人の告白通り、たっぷりと濡れている。そっと指を伸ばした。襞《ひだ》を割った。Vサインで割った。くちゅ。玲奈の蜜が、床に落ちる。

「あぁあ……ノー」

気の強さで知られる玲奈が、膝をがくがくさせて、尻を何度も振った。背後からなので顔は見えないが、たぶん蕩《とろ》けた表情になっているに違いない。

「ルックアトミイ」

スマホに向かって、玲奈が叫んだ。デスクの上のスマホにボブの顔が映っていた。

「マジカヨ」

ボブが言った。これは日本語だった。

ようやく玲奈の魂胆《こんたん》が読めた。やっている顔を見せて、仕返しを図りたいのだ。

——ならば、同僚として、協力してやろう。

藤倉は亀頭を玲奈の割れ目にあてがった。

「あんっ」

花芯に擦って、肉と肉を馴染《なじ》ませる。性格はさっぱりしているほうだと思うが、小陰唇の内側は、ねちょねちょだった。

仕事上ではまったく知りようがなかった後輩女子の秘所に、いきなり亀頭を挿《さ》し入れるというのは、不思議な気分だった。

——ま、深く考えずに、深く挿そう。

腰を打った。

ゆで卵のような大きさと形をした亀頭が、つるんっと挿《はい》った。

「あぁあっ」

玲奈が身悶《みもだ》えし、みずから右のバストを揉《も》み始めている。

スマホの中の黒人が、怒りをあらわにしていた。おもしれぇ。藤倉は思い切りピストンを始めた。どんどん締め付けてくる。

「あぁああ」

「昇きます。あぁあ、私、今年初昇きです」

「それはよかった……」

藤倉は抉《えぐ》り続けた。三度ほど、頂点を迎えた玲奈が、ようやく落ち着きを取り戻した。

スマホに向かって叫ぶ。

「ゲラウラヴビア」

ボブが悲痛な声をあげた。

「アニド……レイナ」

その声を聞いた瞬間に、藤倉は、男根を抜いた。

「ええええぇえ、アニドコック」

玲奈が振り返って「まだっ、いやっ」と言った。諜報員の顔ではなかった。スケベな女の顔だった。

「I　needがアニド」

「ゲラウラヴヒアはGet　out　of　hereだ」

「あっ、外国人がカタカナでナチュラルな発音のまま書いたんだ」

『1905』はやはりやばい薬品名だった。

〈アニド1905ゲラウラヴヒア〉は『1905』を返せ。おまえは出ていけの意味だ。

――しゃらくせぇ。

藤倉は爆発マニアの挑戦に対して、敢然《かんぜん》と立ち向かう気になった。

――火消し三代を舐《な》めてんじゃねぇぞ。

第四章　出初《でぞ》め式

1

一月四日。御用始め。

日ごろは『別館』に通勤する諜報員《ちょうほう》たちも、この日ばかりは霞が関の総務省に登庁する。総務省は中央合同庁舎第二号館の中にある。

大臣が年頭所感を講ずる際に、あまり人数が少ないと、格好がつかないから、別館の職員たちも動員されるのである。

今年はかなりのオーバーブッキングだった。講堂には立錐《りっすい》の余地もないほど職員が集まっている。

こんなにいるなら、自分たちまでが参加する必要はなかったと思う。

大臣の演説が始まった。現在の大臣は女性だ。笑顔を絶やさない美人大臣だが、話が長い。

大臣は職員というよりも、最後列にいる報道陣に向けて今年の方針を伝えているわけだから、説明が細かい。国民にわかりやすい説明というのは、役人には退屈でしかない。

藤倉も退屈していた。

──出初《でぞ》め式のほうがいい。

隣に浅田美穂が立っていた。桜田門の交通課出身のもとミニパトガールだ。小声で話しかけてきた。

「聞きましたよ……玲奈ちゃんとエッチしたでしょう」

いきなり言われたので、卒倒しそうになった。返事のしようがない。

「少し屈《かが》んで、耳貸してください」

藤倉と美穂では身長差がある。藤倉は膝を曲げて、体勢を低くした。すぐさま美穂の唇が耳元に近づいてくる。

「玲奈、すぐメールくれたよ。職場の全員がスパイなんだから、いずれバレるだろうから、自分のほうから告白《コク》っておくって」

なるほど……玲奈の対処として間違っていないようだ。

「お互い恋愛感情があるわけじゃない。だから俺も不倫ということでもない……まぁ一種の弾《はず》みってやつだ」

藤倉も答えた。

「いいなぁ……ふたりとも、姫始めしちゃったんですね」

まるで就活女子大生のような黒のツーピースを着ている美穂が腰をくねらせている。

「こんな場所で、発情するなっ」

藤倉は叱咤《しった》した。

「私なんかぁ。元日に交通課に調査に行って、そのまま昨日の夜中まで、映像解析にかかりきりだったんですよぉ」

「絞《しぼ》り込みは出来たのか……」

「浅草のお宅の前にドラム缶を置いた人間、五人組でした。成田でセンパイを襲ってきた白人と日本人ヤクザに、さらに白人の女が加わっています」

それはおそらくＣＩＡジャパンの林が言っていたジェシカ・スプートニクだ。

「そこまで解析してくれたとは、ありがたい。戻ったら、すぐにチームＫのミーティングだ。そこで対策を練ろう」

「了解です。でもその前に、ちょっとだけ、私のココ触ってくれませんか」

美穂がスカートの上から股間を押さえていた。

「はい？」

藤倉は眉間《みけん》に皺《しわ》を寄せた。言っている意味がよくわからない。藤倉は膝を曲げていたので疲れたから、伸ばした。大臣が経済効果促進に総務省はどういう立場で臨《のぞ》むべきかを力説している。

美穂がつま先立ちをして、ふたたび藤倉の耳元に唇を近づけてくる。

「ですからね、センパイ。私、ずっと徹夜で仕事していたので、まんパンなんです」

「まんパン？」

藤倉は聞き直した。二十代前半の人間が使う言葉にはついていけない。こういう場合確認するのが一番だ。

「まんパンってなんだ？」

「しっ」

美穂が顔を赤らめた。眼も泳いでいる。

——どうした？

美穂が藤倉の耳殻《じかく》にぴったり唇を押し付けてきた。ねっちょ、って感じだ。一段と潜めた声で言う。

「まんパン……まんちょがパンパンっていう意味です。男子のちんこがパンパンと同じ意味ですよ。仕事しすぎると、みんなそうなります」

大臣の顔を見ながら言われたので、大臣がそう言ったような錯覚を得た。

——違う。

大臣は電波法について持論を講じている最中だった。報道の公平を確保するのは総務省の役割であるが、この大臣はときとして、行きすぎる言動をすることもある。マスコミ各社のカメラがいつもよりも多いのは大臣の発言を注視しているからだ。

「俺にどうしろと……」

「玲奈ちゃんとやったって聞いて、センパイには、お願いしやすくなりました。私のココも擦《こす》って、軽くエロ抜きしてくれませんかね……」

美穂はすでにとろんとした目をしている。

「ここじゃまずいだろう……」

役所の講堂で、大臣の年頭所感を聞きながらの〈手まん〉はまずすぎると思う。

「これだけびっしり人がいるんですから、絶対わかりませんよ」

美穂に手を引かれた。左手をスカートの中へと導かれる。最初、パンストのざらざらした感触があったが、すぐに生温かい場所へと導かれた。

「なぁ、日比谷公園とかじゃ、だめなのかよ」

藤倉のほうがビビッていた。

「公園なんて、だめに決まっています。私、婦警だった頃、さんざん摘発してますから、やっているポイントも覗《のぞ》きポイントも把握《はあく》していますが、午前中なんて、マニアでめちゃ込み合っています」

「そ、そうなんだ……」

「役所の中は、ある意味セーフティゾーンなんです。国家機関という砦《とりで》の中ですから」

そこで痴漢プレイみたいなことをするのはどうなんだろう？

「早く押してください。下着の上からでいいんです」

美穂に懇願《こんがん》された。考えていても結論の出ることではないので、行動に移すことにした。

人差し指を、グッと押し込んだ。パンストとパンティが、へこむ。その一帯だけが柔らかい。

視線は笑顔で演説を続ける大臣を向いていた。左手は美穂の湿った柔肉《やわにく》を押している。

頭の中では勘違いが起こっていた。大臣を触っている感じ……。

――いかん、いかん。

指は二十四歳の美穂の肉割れを擦っているのだが、どうも五十五歳の勝気《かちき》な女性大臣の顔がちらつく。

——熟女も嫌いじゃない。

藤倉は大臣と美穂の両方を妄想をしながら、指を動かした。

美穂は声を漏らすまいと、必死に耐えている。けなげだが、そんな状況に陥るとわかっていてまで、触ってほしいものだろうか。

「もっと、いっきに突っ込んでください。パンスト破れてもいいです。大臣の話が終わる前に、私、昇《い》っちゃいたいですから」

「わかった」

もう破れかぶれの気持ちになった。

藤倉は人差し指で押すのをやめて、親指と仲指で、パンストを摘まんだ。

くぃ～んと引っ張る。山になった部分を人差し指で引っ掻《か》いた。ぱちんっ。パンストが破けた。瞬間、美穂が咳払いをして破裂音が聞こえるのを防いだ。

指がパンストの中に潜《もぐ》ってからは、自由自在だった。股布はぐっしょり濡れていた。脇にずらして、人差し指を割れ目に這《は》わせる。花芯《かしん》がねとねとしていた。

いきなり淫穴に指を挿《さ》し込むのも無粋な気がしたので、指をいったん上方に向けた。陰毛に触れる。ごわごわとしている。相当多いようだ。

藤倉はふたたび大臣のほうを見つめて、陰毛の中に指を分け入らせた。コシのある毛だった。

大臣は電波法の話から、地方自治体との連携の話題に切り替えている。大臣の髪の毛は黒くて、輝いている。柔らかそうだ。

――こっちの毛は硬い。

指で何度も美穂の陰毛を撫《な》でた。少し絡《から》みついてくる。

「あの、センパイ……焦《じ》らしとか、そういうの、いまいらないですから」

横を向くと、美穂が険しい顔をしていた。

「恋愛とかじゃないんで……先を急いでください」

「すまない……」

藤倉はすぐに指を花園に降下させた。ポチッ、と当たるものがあった。女の突起物だ。軽く触れると、コリコリしている。

――ここ押したほうが、早いんじゃないか？

ぐっと押してみた。

「あぁああ」

美穂がいきなり口を押さえて、膝を折った。うずくまっている。腰をがくんっ、がくんっと痙攣《けいれん》させていた。

周りの人間が怪訝《けげん》な顔した。藤倉はすぐに美穂を抱き起した。

「大丈夫です。ちょっと気分が悪くなっただけだと思います。うちら外局の消防庁ですから、手当て慣れてますから」

そう言って美穂の肩を抱きながら、講堂を出た。

「なんてこと、するんですか……アソコは押す局面じゃないです。指を挿入して、クルンクルンの局面ですよ」

美穂はかんかんになって怒っていた。

「でも昇ったんだから、いいだろうよ」

中央合同庁舎を出た。外は肌寒かったが、美穂の身体からは湯気が立ち上っているようだった。

「あれは、昇った感じがしません。ビビッて電流が走っただけで、昇り詰めた感がないんです。そこの裁判所の庭で、指ピストンしてくれませんか」

さくら通りの向こうに高裁が見えた。

「いやぁ、裁判所はまずいだろう……」

猥褻《わいせつ》なことをするには気が引ける場所だ。

「じゃあ、その隣の農水省の裏側はどうでしょう？　厚労省ビルとの谷間が穴場なんです……」

「おまえ、警視庁時代、どんだけ青姦《あおかん》していたんだ？」

「婦警の制服着ていると議事堂以外は、たいていは入れちゃうんです」

——いちいちかまっていられない。

そう思って、藤倉は日比谷に向かって勝手に歩き出した。

美穂が手にしたバッグを振り回しながらついてくる。相当イライラしているようだ。チームKの女ふたりと複雑な関係にはなりたくなかった。

藤倉は歩きながら小春にメールした。

【そろそろ帰ってもいいか……】

すぐに返事があった。

【七日までは、だめっ】

松の内はNGということらしい。

2

午前十一時。小会議室でチームKの打ち合わせが始まった。

窓を背にして喜多川が座っている。さすがに今日はジョニーウォーカーのボトルは持参して来ていない。

藤倉の横に玲奈が座っていた。ボブとはあれからどうなったのだろうと思うが、推測しても始まらない。

目の前に美穂。その横に江田が座っていた。

「毛生《けは》え薬がアルコールと融和して覚せい剤に化けるというだけの事案であれば、桜田門のほうへ回すのが筋だけど、あれが爆発物になるということなので、うちの管轄《かんかつ》としました」

喜多川が開口一番、そう宣言した。

元日の四情報機関会議での結論らしい。

「もちろん、犯人の割り出しや、行動確認には内調《ないちょう》も公安《さくら》も協力してくれます。防情《さんぼう》はレーダーへのアクセスも認めてくれました。ただし、戦うのはあくまでもうちです」

事案の扱いがＦＩＡと決まれば、いよいよ本格的な作戦会議になる。

「どうやって、相手の動きを探るんですか？」

「美穂ちゃんが、桜田門から犯人映像を持ち帰ってくれました。まずはこれで顔は特定出来ます」

喜多川がモニターのスイッチを押した。

三十インチの小型モニターに浅草馬道通りが映った。

「俺んちの近くだ」

「そりゃ、そうよ。ふつう、現場付近から洗うでしょう」

目の前に座った美穂が言っている。超機嫌が悪い。

——誰か、この女のエロ抜きしてやってくれないか。

ワゴン車が止まる映像が映った。ひさご通りでストップ製薬の女ふたりを回収していったのと同じ形のワゴン車だった。

扉を開けて男が出てきた。

「おっ、あいつだ」

江田が声をあげた。成田空港で藤倉を襲ってきた背の高い白人だった。つづいて同じく成田で見かけた日本人ヤクザがふたり降りてくる。極道物のＶシネマに出てくる端役《はやく》のようなふたりだ。

そのふたりがリアハッチを開けて、ドラム缶を降ろし始めた。三缶降ろしている。

「やはり……こいつらがやったんだ……」

藤倉は目を凝らした。

「そのふたりは、藤倉さんも、江田さんも、成田で遭遇したんだから、顔を覚えているでしょう。大事なのは、この次に出てくる女よ」

美穂が言った。きつい言い方だった。なんとなくトゲトゲしい。

「ほら、この女っ」

美穂が画面を指さした。美穂を除く全員が身を乗り出して画面に集中した。

ワゴン車から大柄な美女が降りてきた。金髪。白人だ。大柄なうえにも筋肉質な身体をしているのが、わかる。その女は工具箱のようなものをぶら下げて、ドラム缶の運ばれていく方向へと消えていった。

画像に映っていたのは、十秒足らずだった。

「これがジェシカ・スプートニクか」

藤倉は狙《ね》めつけた。この女が、もし段取りを間違えていたら、我が家も母親もぶっ飛んでいたと思うと、いますぐにでも首を絞めてやりたくなる。

「さきほど公安から連絡がありました。彼女が重量挙げ選手だったころの写真が見つかったので、顔面認証したところ、一致したそうです」

喜多川が教えてくれた。喜多川は江田の顔を眺めていた。そのまま続けた。

「彼女は『ペテルブルグ旅団』の一員ではあるけれど、いわゆるギャングとは違うらしいね」

江田が答えた。

「はい、曾祖父《そうそふ》が日露戦争で亡くなったとかで、日本に恨みをもっているようです……んんっ」

CIAジャパンから聞き込んできたことをそのまま言っているが、なぜか語尾が震えていた。

藤倉が美穂の顔を覗くと、目の縁《ふち》を紅く染めている。エロ顔だ。かすかに肩が揺れていた。

喜多川が話を進めた。

「現場そのものが映っているわけではないですが、ほぼ特定して間違いないでしょう……ワゴン車はロシア人が経営している六本木の中古車販売会社のものでした。とりあえず、レンズ張り込みを仕掛けておきます」

レンズ張り込みとは、ターゲットにむけて二十四時間監視カメラを仕掛けるということだ。警察と違って人員が少ないFIAでは、張り込みには、徹底して機材を使う。おそらくその中古車販売店の目の前の電信柱に、今日中に監視カメラが設置されることになる。

「ただ、車を調達する手立ては複数あるでしょう。次も同じところから借りてくるとは考えにくいです」

「その中古車販売店を叩《たた》いてみるという手はどうでしょう」

玲奈が発案した。喜多川が答えた。

「いや、むだです。店側は貸し出したワゴン車の用途なんて、いちいち聞かされてないと思うんです。下手に踏み込んだら、我々が動いているということを教えてやるようなもんです」

相手はテロリストを気取る国際的シンジゲートだ。爆弾を仕掛けに行くのに使うとは言わないだろう。

「我々FIAの仕事は、秘密裡《ひみつり》が大前提です。諜報機関が公開捜査をするなんてことはありません。世間が何も知らないうちに、事案を片付けてしまうのが、仕事ですからね」

喜多川が言いながら、ふたたび江田の顔をちらりと見た。

江田の額に汗が浮かんでいた。

「では、どうやって、相手の動きを探りましょう……んんんっ」

また語尾が揺れている。

喜多川が答えた。

「相手はそうとう藤倉君を意識していますね。ワシントンでうまく騙《だま》されたのを根《ね》に持っているみたいです。そこで藤倉君の家の事情も調べ上げたんだと思います……」

喜多川が今度は藤倉を見た。藤倉は肩を竦《すく》めた。

「おおよそ、諜報員であるということも、摑《つか》んでいることでしょう」

「でしょうね……」

「相手も、本物の諜報機関だったら、したたかに裏を掻《か》くことを狙うでしょうが、どうも、ここまでの動きを見ると、派手好きです」

喜多川の頭の中でプロデューサーであり、演出家である妄想が回転し始めたようだ。

「派手好きだとどうなるんですか？」

「派手な攻撃場所を狙います」

「どこですか？」

「本番はどこかまだ確定できないです。その前に前夜祭があるはずです」

「本番と前戯？」

美穂が素《す》っ頓狂《とんきょう》な声をあげた。頭の中まで、エロでパンパンになっているようだ。喜多川が咳払いをした。

「四情報機関会議での分析をお話しします」

これこそ核心だ。

「『ペテルブルグ旅団』は、いずれ日本でのテロを計画していたと思われますが、今年ではなかったはずです。ターゲットは当然東京オリンピックがらみです。内調の調査ではオリンピック関連の新施設が完成した直後を狙う予定だったはずだと……」

なるほど、それがもっともインパクトのある攻撃だ。さんざん日本に設備投資をさせた後に、爆破する。そういうことだ。現在の建設現場を破壊しても、さして意味はない。

「で、彼らもまだ、本格的な爆破テロを行なうほどの資金準備もしていない。おそらく日本がオリンピック関連施設の見直しを図っているので、彼らも様子見をしていたんでしょう」

「なるほど。目標が定まらないんだ」

玲奈が笑った。

「その資金を稼ぐ手段が、ドーピング薬の転売と新型覚せい剤の販売だったとは考えられませんか？」

「なるほど……」

藤倉は頷《うなず》いた。江田はのけ反《ぞ》っている。なんだあいつ？

喜多川がかまわず続けた。

「ところが、思わぬところで、日本人の藤倉君が買いに来て持って帰っちゃったんです。これ、相手もビックリですよ」

――それは申し訳ないことをした。

というか、自分があの日ジョージタウンの『ドラッグストア・モスクワ・クレムリン』にさえ行かなかったら、こんな事案、まだまだ先のことだったわけだ。

「で、『ペテルブルグ旅団』も事の真相を知るために、慌《あわ》てて追いかけてきた。消防系の諜報員が動いているらしいと、気付いたわけです」

「……気付いたということは……」

玲奈が脚を組み直した。今日も超ミニスカなので、隣に座る藤倉にはパンティが丸見えだ。レモンイエローのパンティだった。

「近々に爆破テロを仕掛けてきます。でもその前に藤倉君だけを的にかけた小爆破程度のテロを仕掛けてきますよ……絶対ですね」

喜多川が言って立ち上がった。室内をゆっくり歩き始めた。扉の方向へと向かっている。

「藤倉君にだけは、ワシントンで騙された仕返しをしたいんですよ。本番はそのあとにやってきます」

喜多川は扉を開こうとして、いったん歩を止めた。

「消防士としての藤倉君に挑戦状を突きつけたいんでしょうね……ぼく、こういう意地の張り合いというの好きです」

扉の前のポスターを指さした。

『大江戸文化保存会・出初《でぞ》め式梯子《はしご》演舞IN両国 - 協力・消防庁』

ポスターの端に紺色の半纏《はんてん》を着た老人が梯子の上で逆立ちをしている写真が載っている。藤倉の祖父太助の二十年前の勇姿《ゆうし》だ。

「えええええ、そこ狙いますかっ」

「僕の演出なら、そうなる。格好のターゲットだ。それで藤倉君の動きを止めることが出来ると考える」

「祖父が、演舞をするんです」

藤倉は悲鳴に近い声で言った。

「冷酷な人間ほど、本人よりも身内を狙います」

言って、喜多川は扉は開けずに、すーっと江田と美穂の背後に近づいた。ふたりが慌てて座り直そうとする前に、喜多川は双方の肩を引っ張った。ふたりの肩を同時に引いた。

「あぁあ」

椅子から転げ落ちそうになった江田と美穂はどちらも陰部を露出していた。双方の腕がクロスして、触り合っている。

「会議中は、議論に集中を」

それだけ言って、喜多川は出ていった。

「最低っ……でも、でかっ」

と玲奈が江田の肉茎を指さして言う。

「この、まんパン女がっ、しまえっ、早くそのぐちゃぐちゃした魔物をしまえっ」

と藤倉は美穂を罵《ののし》った。

――ひどいチームだ。

3

一月六日。両国。国技館脇と江戸東京博物館の間の敷地。

下町の鳶職《とび》たちによる出初め式の演舞が始まろうとしていた。

「よぉ、なんでぇ、ビビったツラしやがって……たかがロシアが俺の命《タマ》を取りにくるって話じゃねぇか。九十三まで生きてきたんだ。この世に、未練なんかねぇ。堂々と的になってやろうじゃねえか」

火消し半纏に豆絞りの鉢巻きをした太助が、足袋《たび》の調整をしながら、藤倉を見上げている。

「そうじゃねぇ。じいちゃんが梯子に昇る必要はどこにもねぇんだ」

藤倉は必死になって説得した。この日は三年ぶりに消防士の制服を着て来ている。オレンジ色の防火服ではなくブルーの平常活動服に帽子を被《かぶ》って来ている。消防関係者に紛《まぎ》れ込むためだ。

その背後から父の慎之助の怒鳴り声が飛ぶ。

「克己が、余計なことを言うから、ジジイが張り切っちまったんだよ。地元の連中も危なくて、見てられねぇって言ってんだ。どうでもいいからやめさせろ」

慎之助は濃紺の制服を着て来ている。胸に黒字に三本黄線と星三個の階級章。消防士長の階級を示すものだ。

制服も階級章も、もちろんレプリカだ。本物は退役の際に返却している。

腕に『安全協会』の緑色の腕章をしていた。

うっかり太助にテロの相談をしたのが間違いだった。藤倉としては、両国の地理や、もし爆弾を仕掛けるとしたら、どこかを聞きたかっただけだ。

にもかかわらず、太助は張り切りだした。自分が梯子に昇って、挑発してやると言い出したのだ。

出初め式の演舞は鳶職にとって、年に一度の最大の見せ場だ。

夏ごろから人選がはじまり、演舞の腕と人望がともにある人間が三人ほど選ばれる。太助はその演舞する人間たちの師匠ではあったが、すでに自分が上がる体力はない老人だった。

「オヤジはチャンスを窺《うかが》っていたんだ。二十年前に七十三で引退させられたのを、いまだに受け入れちゃいない。おめえが持ち出した話は、まさに鳶《とんび》に油揚げよ」

父の慎之助が周りにいる鳶職たちに頭を下げている。そこでジジイが吠《ほ》えた。

「おれぁ、なにもほかのやつの見せ場、取ろうっていうんじゃねぇんだ。危険だっていうからよ。老い先短けぇ、俺が乗ろうって言うだけのことじゃねぇか」

どうにも譲る気はなさそうだ。

このままでは、本当に的にかけられるだろう。死んでも構いはしないが、それでは諜報員としての自分の矜持《きょうじ》に傷がつく。

藤倉は腕組して、空を見上げた。オヤジの手前もあるからとりあえず思案するふりをした。

国技館の屋根を見た。てっぺんは櫓風《やぐらふう》のデザインになっている。あそこから火が噴くということはないだろうか？

首を曲げて江戸東京博物館を眺めた。高床式の建物で、中央がせり出した設計になっている。ライフルを撃つならあの位置からか？

おいそれと人が入れるわけではないが、もしも太助だけを的に掛けるとしたら、空中から狙うことになるだろう。

出初め式は、その中間にある広場で行われるのだ。

——空から来たら、どうやって防ぐ？

「ユー、ない頭を絞っても、何も出てこないよ」

いきなり喜多川に声を掛けられた。チームK全員が現場に入っている。喜多川は紋付《もんつき》袴《はかま》姿だった。国技館の脇ということで相撲協会関係者を装っているつもりだろうが、小柄な老人でしかない喜多川は、むしろ落語家に見えた。

「美穂ちゃんは婦警の格好して場内整理をしています。玲奈ちゃんは、おじいさまに何かあった時のために、救急車に詰めています。もちろん偽装救急車ですよ。あそこに停まっている車です……」

喜多川が路肩《ろかた》に停まっている白い救急車を指さした。車体にオレンジ色で『日本消防庁』と書かれている。そんな組織はない。郵便局とは違うのだ。消防庁に『日本』はつかない。

消防庁はすべての実動部隊と設備を各都道府県に委任している。東京消防庁や北海道消防庁はあっても日本消防庁は存在しないのだ。

「江田君はユーとコンビを組むために、いま着替えています……ところで、出初め式というのは、案外地味ですね……梯子は一本だけでやるんですか？」

喜多川に聞かれた。

「ふつう、一本ですが……」

「ぼくなら、もっと並べますね……オリンピックの開会式とかだったら、フィールドに五百本ぐらいの梯子を並べて、一斉にでんぐり返しとかやってもらう……ユーのおじいさま……引き止めても聞きいれてくれないんですよね……」

喜多川が笑って、懐《ふところ》に手を入れた。ジョニーウォーカーのミニチュアボトルを取り出している。

ピンとくるものがあった。ジョニー喜多川はやはり名演出家だ。

藤倉は鳶職の集団のほうへ向かった。梯子の演舞する以外の鳶職たちは木遣歌《きやりうた》の練習をしていた。

まとめ役らしい中年の男を見つけた。

「うちのジジイがしゃしゃり出て、申し訳ない。じつは頼みがあるんですけどね」

その男にありったけの梯子を用意することを頼んだ。

頼み終わって、江田を探していると、義父に出っくわした。

女房のオヤジ……花火師の玉川勝利《かつとし》だ。深川から出てきたのだろう。手に籠をぶら下げている。

正直、いまは会いたくない相手だった。せめて明後日、小春に帰宅が許されてから会いたかった。事情はどこまで伝わっているのかわからない。

「よぉ、克さん。すまねぇなぁ。小春が勝手なことしちまって」

義父が顔をしわくちゃにした。すでに藤倉の浮気話を知っているのかもしれない。藤倉はおそるおそる近づいた。

「小春、中学の時の女友達三人と沖縄に行っているんだってなぁ……亭主、ほっぽりなげて、遊びに出るなんて、とんでもないこった。すまない。俺の躾《しつけ》が悪かった。克さん、勘弁してくれ」

　義父が籠を置いて、顔の前で両手を合わせた。小春は一応そういう言い方で、うさ晴らしに旅行に出たものと思われる。

「とんでもないです。日ごろから勝手なことばかりしているのは俺のほうですから」

　藤倉はとりあえず、話を合わせた。

「ったくよぉ。十一月にけえってきたときに、近所の仲間三人と企《たくら》んでいやがった。どうにか亭主に難癖《なんくせ》つけて、沖縄へ行きましょうとかってよ。聞いたときは、俺はまさかって思ったんだけどよ……いやすまねぇ。男同士として、克さんにはあのとき知らせるべきだった……」

　十一月……？

　小春にうまくは嵌《は》められたと気付くまでに十秒ほどかかった。あれは難癖だったのだ……。

「いやいや、俺、年末年始も仕事が入ったので、そのほうがよかったんです」

　ここはうまくまとめておいたほうがいい。

「おやっさん、その籠の中にあるのはなんですか？」

　藤倉は話題を変えるつもりで聞いた。

「ぉお、これか。これは煙草形花火よ。擦れば、発火する……」

「あぁ、うちの江田が頼んで作ってもらったものですね……」

「そうそう。今日は、消火訓練用に持ってきたってわけさ。克さんも、あとで遊んでみればいい」

義父がひょいと十個ほど、くれた。藤倉はポケットに仕舞って、その場を後にした。

4

江田が消防署の活動服を着て江戸東京博物館の前に立っていた。スーツ姿よりはるかに似合っていた。

「どっちから狙ってくるだろう？」

藤倉は聞いた。

「高さがあるのは江戸東京博物館だ。狙撃《そげき》ならこっちだ」

「だけど、相手は狙撃より爆破が目的だ。それも局長の読みでは小爆発だ」

「だったら、あの国技館のてっぺんの櫓みたいなところだろう」

江田がそう言った。藤倉の勘とも一致する。

「行ってみるか……」

と藤倉。

「相撲協会への許可は？」

江田がまっとうなことを言った。

「いきなり、爆発物が隠されていますって、根拠のないことを言うのもなんだよなぁ？」

「なんか口実つけて、屋根に上ろう」

「おれたち消防の格好しているし……適当なことを言おう」

スパイという職業は楽観主義でなければ務まらない。藤倉と江田は、国技館の正面玄関へと回った。

「チケットはもうないよなぁ」

江田が言っている。もうじき初場所だが、十五日間完売となっていた。脇の通用口から入って、事務所に行く。

予想外と言えばおかしいが、痩《や》せたおばさんが出てきた。国技館の事務員さんのようだ。

「女性なんですね」

「あの別に、全部お相撲さんがやっているわけじゃないですから……」

「ですよね」

「消防さん？」

「そうです。これから出初め式やるんで、こちらの屋根の上から警備させてくれませんかね……会場全体を見渡したいもんですから。いや、屋根に上がるんじゃないっす。梯子を掛けさせていただければいいんです」

超適当なことを言った。

「わかりました。消防さんならいいですよ。いつもお世話になっていますし」

案外呆気《あっけ》なく許可してくれた。

「なんですかね。さっきは海外のテレビ局の人が来て、屋根のてっぺんに、小型カメラだけ据え付けさせてくれないかって許可を取りに来ました。人間は乗っちゃだめなんですけどね。ま、場所中じゃないし、カメラを取り付けるだけならいいかなと思って許可しました。出初め式、国際的になったもんですねぇ。テレビ局の人、夕方撤収《てっしゅう》に来るって言っていましたけど、消防さん、ちゃんと固定されているか、見てくれます？」

藤倉は胸底で『うわぁあああああ』と叫んでいた。

江田が額に浮いた汗を手の甲で拭《ぬぐ》いながら聞いた。

「その海外のクルーに、大柄の女の人いませんでしたか？」

「はい、いましたよ。女子プロレスラーみたいな体格の人。カメラマンのアシスタントなんでしょうね。工具箱持っていました。カメラマンも大きな男の人でしたね。鼻に絆創膏《ばんそうこう》を貼っていましたけど」

　これは間違いない。

「わかりました。ちゃんと見てきます」

　すぐに踵《きびす》を返した。

「おねがいしまーす」

　明るい声の熟女事務員の声を背に、藤倉と江田は走った。

　ふたりとも走りながらポケットからインカムを取り出した。ヘッドセットをする。帽子を被り直し隠す。

　同時に腰のベルトに付けた緊急用の小型ボタンを押す。

　喜多川、玲奈、美穂のベルトにもこれで伝わる。三人も密かにインカムを付けるはず。

　ここからは全員で事態を共有することになる。

　──いやんっ、いきなりバイブを動かさないでっ。

　最初に返事を寄越《よこ》したのは美穂だった。

　──あんた、緊急ボタンをまたパンツの中にいれていたんでしょっ。

玲奈の声が被った。

──うふ。

──うふふ、じゃないっ。

藤倉は叫んだ。

──全員、ヘッドアイもONにしてくださいよ。声だけ聴いても、把握できません。僕、もう耳が遠いんですから。

喜多川の声だった。

藤倉は帽子の正面のマークに触った。東京消防庁のマークだ。江田もONにした。

──はい、おふたりの映像が入りました。

喜多川は偽装救急車に入り込んだみたいだ。車内には四人分のモニター画面がある。

──玲奈ちゃん、なんで唐沢君の股間を映しているのかね?

──えっ、あれ、私、どこを見ていたのかしら?

今日のドライバーも元航空自衛隊のパイロット唐沢正治なのだ。そして玲奈が助手席に座っていることもわかった。

──美穂ちゃん、帽子脱いでいませんか? それも逆さにして置いていないですか。空が見えています。

喜多川が美穂に着帽を促している。

——すみませーん。すぐ被ります。

——あっ、映りました。わっ、なんで帽子をまたぐんですか。パンツ丸見えです。

——いやぁ～ん。局長っ。

聞いているのが嫌になった。

藤倉は鳶職の集団に飛び込み高梯子《たかばしご》を借りた。一番高いのを借りた。すぐに国技館の裏側の壁に立てかける。

どうにか屋根の縁にかかった。先に藤倉が上った。消防士時代は梯子車に乗っていたので、得意だった。すぐに江田が続いてきた。江田もさすがもと陸自だけあって、動きが軽い。我々は頭脳よりも武闘系の諜報員だ。

どうにか屋根の縁に辿《たど》り着いた。

両国国技館の屋根は、見た目は緩《ゆる》やかだが、上がってみると急だった。

「ミッション：インポッシブルごっこかよ」

と江田。腹ばいになったまま言っている。

「どっちかと言えば、このアングル、ジャッキー・チェンの映画じゃねぇか？」

藤倉も屋根に張り付きながら答えた。遥か視線の先に金色の櫓のようなてっぺんが見えた。

「カメラなんか見えないぞ」

「あの中に爆弾かよ？」

「たまんねえぇな」

言い合いながらふたりでよじ登った。

――ふたりとも、爆破物を発見しても、迂闊《うかつ》に手を出さないように。ヘッドアイを通して、こちらが分析するまで、触らないように。

喜多川の声がした。

――了解しました。

ふたりでよじ登った。どうにかてっぺんまで辿り着いた。

櫓の前に立ち上がると、いきなり下から拍手が舞いあがってきた。

振り向くと観衆が手を振っている。勘違いしているようだ。

「なんか、やって見せたほうがいいんじゃないか？」

江田が観衆に向かって手を振っている。余計なことをする奴だ。おかげでやんやの喝采《かっさい》が上がった。

「おまえ、鳶職の孫なんだから、でんぐり返しぐらい出来ないのかよ」

江田が唆《そそのか》してくる。

「出来るわけねぇだろう。鳶職だったら、こんな屋根、歩いて昇っているさ」

――藤倉君。江田君の言う通り、なんかやってください。これでは注目が集まりすぎています。すぐに出初め式を開始するように、いまユーの父上に依頼したのですが、まだ三分ほどかかるようです。それまで、何かやってください。

喜多川がそう伝えてきた。

――俺、タレントじゃないですからっ。

――そこでバク転とか出来ないですか？　観衆が、びっくりさえすればいいんです。スピードとスリルはエンタテインメントの基本です。

なんてこと言う人だ。

――爆弾には慎重になれと言っていましたが、バク転のほうが危険だと思いますけど……。

――爆弾は周囲の人に迷惑を掛けます。バク転は、ユーひとりの生き死にの問題です。ユーの父上も、この際、どうなってもいいと言っていました。

最悪の状況に追い込まれた。

「な、ジャッキー・チェンの映画みたいなんて言うから、それが現実になるだろう。人間の思考は必ず実現するんだぜ」

江田が言った。自己啓発本みたいなセリフだが、そういうことはよくある。ということは、この先も、ジャッキー・チェンのカンフー映画並みの場面が続くということだ。

藤倉は気合を入れた。腹をくくってバク転やるか……。

と思った、その瞬間。

江田がいきなり逆立ちをした。切り立った屋根の上でだ。どっと拍手が上がった。

「自衛隊ではさ、腕立て伏せ同様、倒立は日課みたいなものよ」

バク転とまではいかないものの、これは凄《すご》い。

「出来るんだったら、早くやれよ……」

藤倉はとりあえず、江田のさかさまになった足首を押さえて、観衆に手を振った。

ピーッと警笛が鳴った。婦警の格好をした美穂が吹いている。出初め式が始まる知らせのようだった。観衆の目が屋根から地上に戻った。

出初め式の梯子が五十本ぐらい上がっていた。

「おぉおおおっ」

逆立ちしたままの江田が驚嘆の声をあげた。

「すげぇだろ。だけどあれじゃ、うちのじいちゃんが、どこにいるのかわからない。ピンポイントで狙うのは不可能だ」

喜多川の演出が冴《さ》えわたっている。

「中を見よう」

藤倉は江田の足首を手離した。江田も元の体勢に戻る。

櫓の中を覗いた。予想していたより深くはなかった。浅い。何もなかった。雨水が溜《た》まっているようだった。

——何もないですね。

インカムに話しかけた。すぐに喜多川から返事があった。

——おかしいですね、その水溜まり。

——そうですか？

藤倉は答えた。

——このところ雨は降っていませんよ……。

喜多川がそう言いかけたとき、櫓の反対側から、ぬっ、と人影が現われた。

白いツナギにピンクのアポロキャップを被った女だった。巨体だ。

美貌の持主だった。眼光が鋭い。巨体は引き締まっていた。女豹《めひょう》のような女だ。

ツナギを押し上げている巨乳の中央から乳首が浮いていた。ノーブラということだ。

股間の上には翳《かげ》りが見える。陰毛だ。黒とか茶とかまで断定は出来ないが、ノーパンであることは間違いない。

ノーパン爆弾犯っ。

手にステンレスの小型ポットを持っている。カフェなどでよく売っているコーヒーが三杯分ぐらい入るサイズだ。

「ジェシカかっ」

藤倉が叫んだ。

女はにやりと笑った。ボトルの栓を開けようとしている。

――藤倉君。江田君、危ないっ。彼女が持っているのは摂氏百度に沸騰《ふっとう》したお湯でしょう。櫓の中にあるのはたぶん『1905』だよ。混合すれば爆発が起こる。

喜多川が叫んでいる。

「おぉおおっ」

江田が前に出た。ステンレスのボトルに向けて蹴《け》りを放つ。

女は軽快に躱《かわ》した。巨体だが、身体能力は高い。不敵に笑ったままボトルの栓を取り去り、さっと湯を飛ばしてきた。江田の顔にめがけている。

「あちっ」

江田はかろうじて手の甲で防いだが、次の瞬間、手を押さえて苦痛に顔をゆがめた。

「あつつつつっ。皮が剝《む》けそうだ」

がっくり膝をつく。転がり落ちないように、踏ん張っているが、それが精一杯のようだった。

藤倉はポケットに手をつっ込んだ。煙草型花火があった。一本取り出し、顔の前に掲《かか》げる。

ジェシカが首を傾《かし》げた。なんだそれ？　という顔だ。藤倉は、先端を屋根に擦った。マッチもライターもいらないのがこの花火の良さだ。

すぐに発火した。ジェシカに投げつける。ジェシカが身体を躱して避けた。向こう側に落下した花火は、バンっ、と音を立てた。ジェシカが驚いた顔をした。花火だということに気が付いていない。

「ジス・イズ・ア・リトルダイナマイト」

俺は高田純次《たかだじゅんじ》か？　ふとそう思った。

いや、マギー司郎《しろう》に近いかもしれない。

はったりが生死を分かつこともある。

藤倉はもう一本、抜き出し、顔の前に掲げた。

ジェシカの表情にはじめて緊張が浮かんだ。互いを挟んでいる櫓の中には化合すれば爆発を起こす『１９０５』が溜まっている。

ジェシカはそもそも、離れた場所から、湯を投げ込むつもりだったに違いない。いま注《そそ》げば、自分も爆発に巻き込まれる。

百度の湯を持ったロシアの女豹と、ちゃちな花火を持った小太りの男が睨《にら》みあったまま固まった。

喜多川が小さな声で話しかけてきた。

――時間がたてば、ユーの勝ちです。蓋《ふた》を開けたまま、時間が立てば、お湯は水になります……せめて八十度以下になれば、誘発接点は生まれません。

なるほど。

――二十度下がるには、どれぐらいの時間が？

――今日は寒いですから、三十分ってところですかね。

なげぇ。

ふたりはそのまま、櫓を囲んで、ぐるりと半周した。

ジェシカの背後に出初め式が見えた。

五十人の鳶職による合同演舞が行なわれていた。纏《まとい》を背負っている者もいる。華麗な演舞が展開されている。

　太助はほぼ中央にいた。

　よせばいいのに、梯子に足を絡めて、さかさまになっている。そのまま両手を広げた。まさに軽業師《かるわざし》だ。

　藤倉とジェシカは櫓を挟みながらふたたび半周した。今度は藤倉が太助を背にする形になった。剣豪が刃を突きつけ合って、円を描いているような状態だが、互いが手にしているのは、火と湯である。下から見上げている人間には、コーヒーの奪い合いにしか見えないだろう。

　まだ三分も経っていなかった。

　ジェシカの瞳が突如鋭く光った。藤倉を見ているのではない。その後方に視線をやっている。

　どうした？

「おまえんちのじいさんが、梯子の上で、片足立ちをしながら、ロシアの旗を振っているぞ。あっ、破った」

　江田がそう言った瞬間に、ジェシカの手が動いた。湯を櫓の中に注いだ。ほんの数滴だった。ぼっと中で小爆発を起こした。ほんの数滴でマシンガンが火を噴いたような反応を示すとは、ボトル一本突っ込んだら、この屋根ぐらいは吹っ飛ばすだろう。

やべぇ。くそジジイ、妙な挑発なんかしやがって。国技館が吹っ飛ぶぞ。オープンドームしてどうするんだ。

藤倉は煙草型花火を擦って、ジェシカに投げつけた。手元を狙った。

ジェシカはボクシング選手のように左にスェーして躱したが、そのときボトルからわずかに湯が飛び散った。

「オォオ」

湯がかかった左手を振っている。藤倉は煙草型花火をポケットから取り出し、つぎつぎに投げた。

「ノッ」

躱そうと身体を揺すっていたジェシカにポットの湯が大量に跳ね返った。

「オォオオ」

白いツナギから湯気が上がった。乳首が透けた。白いツナギからピンクの乳首が透けていたが、そこからは湯気が上がっていた。

乳首に熱湯。それはたまらないだろう。

「ううううう」

ジェシカの白い顔が真っ赤に変化していく。百度のお湯が付着したツナギが肌に貼り付きだしているのだ。陰毛も透けて見えだした。藤倉はまだ残っていた二本をボトルめがけて投げつけた。

ざぶっと湯が全部飛び出した。胸、腹、股間に湯を被った。

「ウォオオオ」

ジェシカが唸《うな》った。動物的な唸り声だった。

ついに、ボトルを放り投げた。ステンレスのボトルが屋根から転がり落ちていった。

「ジェシカ、カミン」

左手から男の声がする。屋根の縁から顔が見えた。成田以来藤倉を追い続けているロシア人の男だった。まだ鼻の上に絆創膏をしている。ひょっとして折れたか……。

「ミハイル」

あいつ、ミハイルっていうんだ。

ジェシカはその場でツナギを脱ぎだした。胸のジッパーを下げて一気に脱いでいる。熱くて着ていられないのだ。

真っ裸になった。筋肉質でスタイル抜群のボディだ。藤倉は呆気にとられた。

国技館の屋根の上で、白人の美女が真っ裸になったのだ。

下の土俵では巨体の力士たちが締込《しめこ》みだけでぶつかり合っているが、屋根の上で女がマッパになるとは、だれが想像するだろうか。

藤倉は捕まえようと、飛びかかった。

だが、そのときジェシカが、脱いだツナギを藤倉めがけて投げつけてきた。顔面に当たった。

「うわぁああ」

熱湯をしこたま吸い込んだ布は、猛烈に熱かった。

その場に膝を折った。すぐには動けなかった。瞬《まばた》きを何度かしている間に、ジェシカが逃げていく。陰毛は赤だった。ソビエト・レッドだった。ふさふさしていた。

藤倉は茫然《ぼうぜん》とその姿を見送った。


あくる一月七日、事件はさらに回転しだした。

「今朝八時ジャストに関東地方のＡＴＭから不正カードで一斉に現金が引き出されたそうです。南シベリア銀行から承認がでるように書き換えられていますが、白カードみたいです。警視庁が出し子のひとりを捕まえています。ロシア絡みなので、こっちの事案と連動しているのではないかと……」

玲奈が警視庁からのメールを読んでくれた。

「資金の調達に動き出しましたね」

喜多川が言った。

「毛生え薬の闇販売じゃ間に合わないってことだな」

手の甲に包帯を巻いた江田が言った。藤倉は鼻に絆創膏を貼っていた。自慢の鷲鼻の皮がむけるほどの火傷《やけど》を負っていた。

これであのロシアの男のミハイルと同じ状態になってしまった。絆創膏を貼ったもの同士で対戦はしたくない。どんなに迫力ある闘いをしても見た目には間抜けだ。

「それで総額いくら抜かれたんですか？」

喜多川がデスクから立ち上がって、窓の景色を眺めている。日比谷公園にうっすらと雪が積もっていた。

「二十四億円だそうです」

玲奈が答えた。

「昨日、怒らせちゃいましたからねぇ。頭にきたジェシカが、けしかけたんでしょうね。何がなんでも爆破を実行させせろって」

喜多川は公園を見たままだ。

「俺、怒らせちゃいましたかね」

藤倉は頭を掻いた。それには美穂が答えた。

「いきなり、陰毛見られたんです。テロリストでなくても、見た相手を殺したくなると思います。手当たり次第に、爆破すると思います」

「そんなに陰毛は見せたくないものか？」

「ある意味、割れ目より見せたくないところです」

「そうよね……」

玲奈も同調している。へぇ〜。そうなんだ。

「ジェシカの陰毛、かなり多かったですか？」

玲奈が確認してきた。

「どっさり……って感じ」

「なら、絶対に見せたくなかったですね」

「そんなもんかな……」

「そんなものです」

ふたりの女が互いに、股間に手を当てた。ふさふさ加減を感じ取っているようだ。ここで確認するな。

「爆破、どこを狙ってくるでしょう？」

顔をあげた玲奈が喜多川の背中に向かって言った。

「さぁねぇ……ただ、さっき美穂ちゃんが言った……手当たり次第っていうのは、あるかもしれないねぇ。ほら、人間頭に来たときって、ゴミ箱蹴飛ばしたり、グラス投げつけたり、手当たり次第にそういうことするでしょう」

喜多川がこちらを向いて言った。

「ゴミ箱蹴飛ばす感じで、ビルを一個ふっ飛ばされたら、たまんないですね」

と、そこで喜多川のスマホが鳴った。着メロは先ごろ解散した国民的アイドルグループの代表的な曲だった。

喜多川がスマホを取った。

「ほぉ～、もう爆破始まりましたか……」

「えっ」

チームKだけではなく、情報局の中にいた全員が立ち上がった。

喜多川が電話を終えて、チームKだけを自席の前に集めた。

「桜田門からでした。ストップ製薬のお台場のショールームと上野研究所が同時に小爆発を起こしたそうです。これ、証拠隠滅《いんめつ》ですね」

「証拠隠滅？」

江田が聞いた。

「はい。日本におけるパートナー、ストップ製薬だったと思います」

喜多川が断言した。

第五章　爆破ロシアンルーレット

1

藤倉と江田はお台場にあるストップ製薬のショールームに急行した。ダイバーシティの三階にあるそのショールームは青海《あおみ》第八消防署の手によって封鎖されていた。

警察の捜査と同時に消防署員が失火原因を検証している。

「総務省です」

藤倉は身分証を掲示して中に入った。

製薬会社のショールームと聞いて、薬局のイメージを抱いて来たが、現場は高級化粧品店のようであった。

陳列棚には実際、薬よりも美容関係の瓶や箱のほうが多く、革張りのソファの前に置かれた大型モニターでは、有名女性タレントが、アンチエイジングの美容液の施術《せじゅつ》を受けている様子が流れている。ストップ製薬は基礎化粧品にも力を入れている会社だということが窺《うかが》える。

奥の壁際にCA（キャビンアテンダント）のような制服を着た女性たちが整列させられていた。五名ほどだ。薬剤師らしいが、むしろ美容部員に見える。

湾岸富士《わんがんふじ》警察署が会議室を占領して、数名ずつ事情聴取《ちょうしゅ》をしているらしい。彼女たちはその順番がくるのを待っているのだ。

「爆発場所は？」

江田が防火服の消防士に聞いた。

「まだ爆破と認定されたわけではありません。火薬がどこにも見当たらないので、失火原因がわからないんです」

屈強《くっきょう》そうな消防士が、先導してくれた。店内の奥へと進む。アロマオイルマッサージを受けるための個室があるのだそうだ。

その扉を開けた。

「ここです」

六畳間ほどの部屋だった。中央にベッドが置かれているが、奥の棚が焼け焦《こ》げていた。

そのまま壁に穴が開き、通りの向こうのテレビ局の外観が見えた。

消防署と警察署の鑑識が合同で検証していた。四人ほど床に這《は》いつくばっている。

「まるでロケット弾でも、撃ち込まれたような惨状ですね」

藤倉が鑑識員に問いかけた。穴の開いた壁の周りはやたらに濡《ぬ》れていた。

「あぁ、そうなんだが、この穴、外から開いたんじゃなくて、内部からの破裂《はれつ》だよ。でも火薬の破片が見当たらないね。ガラス瓶の砕《くだ》けた破片はたくさんあるんだけど……」

床に伏して、散乱したガラスやコンクリートの破片を一粒ずつ確認している中年の男が教えてくれた。制服から見ると消防署の人間だった。

部屋の中は、さまざまなアロマの香りがまじりあっていて、息苦しかった。

床には夥《おびただ》しい量の液体が撒《ま》かれていた。オイル、薬品、美容液、さまざまらしい。

「失火時に、この部屋には誰が？」

「幸い誰もいなかったそうだ。だから変なんだよな。時限装置も見つからないし……考えられるのは、オイルや薬品の化学変化。化学工場なんかではよくあるんだよ。室温が上がりすぎて引火したとか、逆に冷却しすぎて、缶とか瓶とかが破裂して失火を誘引《ゆういん》したとか……だから犯罪とは限らないのさ」

鑑識員は「むりやり事件に結び付けるな」という顔をした。

藤倉は事件だと確信した。

「どこかに、瞬間湯沸《ゆわ》かし器とかありますかね？」

「はぁ？」

鑑識員が顔をあげた。「この素人が」という顔をした。

「ここは、ガス系の物は一切《いっさい》置いてないよ。さすがにオイルを扱っているから、その辺は過敏になっていたみたいだよ」

「お湯入れるポットとかあるんですかね？」

藤倉はあたりを見回した。

「だから、この部屋にはないよ、あんた何が聞きたいんだ」

鑑識員は苛立《いらだ》っていた。なかなか原因を特定できずに、焦《あせ》っている様子だった。

「熱いお茶が飲みたいんですよ」

「ふざけたこと言ってんじゃねぇぞ」

鑑識員が立ち上がったところで、藤倉は部屋を出た。江田は会議室に向かった。湾岸富士警察署員の聴取に立ち会うのだ。

「あの、どこかにポットとかありますか？」

壁際に並んでいる女性たちに聞いた。

「はい、給湯室にあります。電気ポットですが」

ひとりが答えてくれた。藤倉は教えられた給湯室に入った。確かに熱湯が出せるような瞬間湯沸かし器のようなものはなかったが、コードに繋《つな》がれた電気ポットがあった。

「たぶんこれで充分なはずだ」

藤倉はひとりごちて、ポットの上部に表示されている温度を確認した。〈90〉と示されている。

——もう、ちょい上げるか。

沸騰《ふっとう》のボタンを押した。十秒ほどで沸騰を知らせるチャイムがなった。クラシックギターの名曲『禁じられた遊び』だった。

——まったくだぜ。

温度表示を見ると〈100〉と表示されていた。沸点《ふってん》だ。藤倉はポットのコードを外し、ぶら下げて給湯室を出た。頭の中ではまだ『禁じられた遊び』のメロディが鳴っていた。

——俺、遊んじゃう。

マッサージルームの扉を開けた。

鑑識員たちが、まだ床に這いつくばっていた。

「ちょっと、立ち上がって、こっち側に来てくれませんか?」

藤倉はポットをぶら下げたまま、全員に伝えた。

「まだ原因がわからねぇんだ。お茶なんか、いらねぇよ」

先ほどの消防系鑑識員が、首だけまげて、怒りに満ちた視線を寄越《よこ》した。

「すぐに原因がわかります。もう一回爆発しますから。こっちに来てください」

ポットのふたを開け、栓を回転させながら、鑑識員たちを急《せ》かした。

「なんだとぉ、こらっ。霞が関だからって、でかい顔してんじゃないぞ」

「いまにわかります」

藤倉は鑑識員たちを手招きした。不満そうな顔で、四人の鑑識員が扉の外に出て来て、藤倉の背後に回った。

藤倉はポットを大きく振って、沸騰したお湯を飛び出させた。第一波は緩《ゆる》い放物線を描いて、床に落ちた。ベッドの脇で、じゅっと音が鳴り、蒼《あお》い炎が上がった。

「な、なんだっ」

背後の鑑識員が叫んだ。

藤倉は残った沸騰湯を、液体で濡れた壁に向かって、一気にぶちまけた。

瞬時に爆発音がした。同時にオレンジ色の炎が舞い上がり、藤倉たちも爆風を受けた。

コンクリート破片が飛んで来る。

「なんだよ、お湯爆弾かよ。そんなの聞いたことも、見たこともねぇ」

先ほどの鑑識員が腕で顔を押さえながら、叫んでいた。

「お湯が爆発したわけじゃありません。あのへんの壁に振りかけられている液体と化合して、爆発を起こしたんです」

「なんだってぇ……」

鑑識員たちが飛び込んで、壁に着いた液体をガーゼで採取しだした。その背中に向けて藤倉が伝えた。

「その成分がわかっても公表しないでください。テロリストやヤクザに武器製作の手段を与えることになります。総務省発令です。よろしくお願いします」

藤倉は深々と頭を下げた。総務省はこれでも国家行政組織法別表では、各省の中で筆頭に掲《かか》げられている。閣僚名簿においても原則として副総理が存在しない場合、総務大臣は内閣総理大臣の次に列せられる。世間が認識している以上にパワーのある官庁なのだ。

もっとも藤倉が口にした「総務省発令」は嘘だ。現場の、しかも外局の諜報《ちょうほう》員にそんな権限はない。

ただし諜報員はその場の状況に応じて、虚言を発することは許されている。

要はすべての規律には裏と表があるのだ。

「おぉおっ。ありがとよ。これで俺らも帰れる……」

中年の鑑識員が初めて笑った。手も振ってくれた。

――これで『1905』が使われていたことが判明した。

あとは、どうしてここに持ち込まれて誰が爆発させたか……そこだ。

藤倉は会議室に向かった。扉を開けた。

「すみませーん。お邪魔します」

入室すると湾岸富士警察署の所轄《しょかつ》刑事に睨《にら》まれた。

「あの総務省さん、邪魔なんですけど」

イケメンな刑事だったが、あからさまにいやな顔をされた。

「あっ」

藤倉は刑事の声を無視して叫んだ。目の前に座っている女に見覚えがあった。

「あっ、でかちんこ」

女も叫んだ。

「何言いやがる、ゲロ撒《ま》きスケベ女っ」

女は大晦日《おおみそか》の夜に浅草で出会った奈津子だった。

ストップ製薬という名前を聞いたときから、頭の中に奈津子と沙也加の顔が浮かんでいたが、こうもあっさり出っくわすとは思わなかった。

奈津子は眦《まなじり》を吊《つ》り上げていた。

「私、この男に、強姦されたんです。刑事さん、いますぐ逮捕してください」

「事件は会議でも起こるものですねぇ……総務省さん、署で話聞かせてくれますか」

イケメン刑事が立ち上がった。

「ここで話しますよ。すぐに大晦日の夜の画像を送らせる。確かに俺、大晦日にこの女とその友達に会っているから……恥ずかしいが、現場映像があるから見てくれ」

江田がすぐにスマホを取り出し、喜多川に連絡を入れている。

「はい、ひさご通りの映像です。あぁあ、お父上のほうも映っているんですよねぇ」

江田がスマホを耳に当てたまま、目配せをしてきた。

「かまやしねぇ。一緒に送信してもらってくれ。刑事さんに、ぜ〜んぶ、見てもらったほうがいい……」

藤倉がそう伝えると、奈津子が椅子を蹴《け》って立ち上がった。

「ごめんなさいっ。爆破させたのは私ですっ」

「いきなり自白かよ」

「いや、あのときの画像があるなんて……もう、私らあっちでもこっちでも、脅《おど》されっぱなしだわぁ」

奈津子が肩をおとした。

刑事が彼女の履歴を見せてくれた。タブレットにきれいに打ち込まれていた。いまどきの若手刑事は、ノートじゃなくてタブレットを使うのか……。

高梨《たかなし》奈津子。二十五歳。短大卒業後ストップ製薬に入社。薬品部、化粧品部を経由して昨年秋にこのショールームに配属された、となっている。

「ロシア人に脅されていたんだな……」

藤倉が確認した。

「はい、私も沙也加も一年前から『淫爆《いんばく》』塗りまくられていたんです。あの大晦日の夜も、沙也加と一緒に呼び出されて、身体中にたっぷり『淫爆』を塗られて、それからさんざんお酒飲まされて車を降ろされました。おじさんたちをひっかけて、睡眠導入剤を打って来いって。そしたら、朝まで、セックスしてくれるって……」

「『淫爆』って」

イケメン刑事がタブレットのキーボードを叩《たた》く指を止めた。

2

高梨奈津子が机の上に、アロマオイルの小瓶を置いた。十ミリリットル入りの小瓶だった。

藤倉が手に取ってみると茶色の小瓶にラベルが貼ってある。『エロダイナマイト』と書かれていた。たしかに『淫爆』だ。

だいたい読めてきた。

ペテルブルグ旅団は、ロシアマフィア、六本木の半グレと手を組んで、新型覚せい剤を販売していたわけだ。

ＡＴＭ不正引き出しも、おそらく半グレ集団が孫請《まごう》けしたことだろう。

六本木、西麻布界隈《かいわい》を根城《ねじろ》にする半グレ集団新山手《しんやまて》連合は、脱法コスメを使って芸能人、モデル、スポーツ選手を操《あやつ》っていることで知られている。

次にそうした有名人たちを売春婦に仕立てあげて政界や財界、あるいは、薬物を扱うことをリスクと考える任侠《にんきょう》団体までをコントロールし始めているのだ。

製薬会社の女子社員を狙うとは、いいところに目を付けたものだ。

おのずと販路が拡大することになる。

「ローズマリーとかラベンダーとかと同じような瓶にみえますが、これ塗った後にお酒飲むと、すぐにエッチしたくなるんです。お酒、飲まないと、なんともないので、それまでは気が付かないいんですよ」

藤倉が得た『1905』と同じ症状だった。

「上野の研究所のほうは今野《こんの》沙也加が、やりました。おじさんもご存知のあの夜一緒にいた同僚です。昨夜、同時にやるように指示があったんです」

すぐに刑事が刑事電話《ポリスコード》を取って上野署に連絡した。今野沙也加は上野研究所にまだ残っているそうなので、身柄《がら》を押さえるそうだ。

「ふたりとも、大量に持っていたのかね……」

奈津子は頷《うなず》いた。

「っていうか、これ……うちの研究所で精製していましたから……」

「なんだって」

藤倉は興奮した。ここは読めていなかった。

罪を認めた高梨奈津子は、そこからは淡々と供述した。

「そもそも、私も沙也加も、クラブなんてぜんぜん興味なかったんですよ。なのに研究所の西里《にしざと》主任が、しつこく六本木に飲みに行こうと言うので、ついついついて行ったのが、失敗でした」

刑事がすぐに研究所の西里博康《ひろやす》を拘束するように指示したが、その男はすでに行方《ゆくえ》が知れなくなっていた。

奈津子の供述をまとめると、この西里がフィリピンパブの女に入れあげたことから、ストップ製薬とロシアマフィアが繋がったことになる。

西里博康は現在三十八歳。薬科大学を卒業後ストップ製薬に入社。新薬開発部門である上野研究所に勤務して十四年になるが、いまだ独身だそうだ。フィリピンパブに嵌《はま》ったのは、そもそも上野が最初だが、馴染《なじ》みのホステスが六本木に移ったことから、自分も六本木に行くようになった。

後はよくあるパターンだった。手練手管《てれんてくだ》のフィリピンホステスに、上手に巻き上げられていったのだ。

日本人のキャバクラなどよりも、フィリピンパブは飲み代が安い。そのため店に通うことに抵抗感がなくなるのが早い。

とくにキャバ嬢にもあまりモテないタイプの男は、とにかく献身的な外国人ホステスに、心を動かされやすい。

自分たちよりもセレブな高級クラブのホステスや、いまやタレント気取りで働くキャバ嬢などは、敬遠するが、フィリピン人ホステスはけなげに思えるのだ。

ただしそれが命取りになることが多い。

遥か南シナ海を渡ってくる彼女たちは、国と家族を背負ってやってきているのだ。自分に気のあるとみた日本人からはとことん金を引っ張る。

西里もまたそうしたホステスにひっかかっていた。

「ケソンにいる家族が病気だと言われて、医療費を負担してあげるようになったそうです。あぁ、その時点では、まだ体の関係はなかったそうです」

「そんなことをしたら、家族が百人ぐらい出てくるぞ……やらせもしないで、同情を引くのは、フィリピン人に限らず、水商売の女の古典的な手口だからな」

藤倉は警視庁の生活安全課にいる仲間に聞いたことがある。

「結果そうなったみたいです。家族は次々に入院するわ、自分は盗難にあって、仕送りが出来なくなったとか、いろんな理由が出てきたそうです。で西里主任、クレジットカードの決済が回らなくなったそうです」

「よくある話だ」

「その頃、ホステスと一緒にアフターに付き合ってくれていた、別なフィリピン人の女性がロシア人を紹介してくれたんだそうです。その人ホステスではなく歌手だったそうです」

「歌手が？」

「はい。私らは、ぜんぶ後から知った話なので、その女のことは知らないんですが、彼女が歌う夜は日ごろフィリピンパブになど来ない、ロシア人やモンゴル人、それにアメリカ人まで見にきたそうです。で、その歌手がロシア人の男が金になる仕事をくれると……」

その仕事が『淫爆』の国内生産だったわけだ。

「レシピ通りに作って持っていったら、その歌手が、西里主任が気に入っていたホステスにうまく塗ってくれたそうです。あとはお酒を飲ませて、一気に嵌《は》められたと……」

「それでずぶずぶの関係になったんだ」

江田が両手を広げた。

「私たちが、六本木に連れて行ってもらったときは、西里主任、凄《すご》くはぶりがよかったです。高級日本料理店ではおいしい懐石料理をご馳走《ちそう》してくれましたし、お洒落《しゃれ》なバーでも、みんな顔でした。そのフィリピンパブにも連れて行ってもらいました。六本木の『スター&ムーン』です。私たちが想像していたよりもはるかにゴージャスな店で、パブと呼ぶよりグランドキャバレーのような店でした」

とそこで奈津子は、言葉を区切った。ペットボトルの水を飲む。覚悟を決めたような表情をして、また話し出した。

「そのあとそのクラブに行ってから、私たちやられちゃったんです。フィリピン人ホステスも四人ぐらい一緒でしたよ。いつの間にかアロマの瓶を出して、みんなで腕とか首筋に塗り合い始めたんです。私らも、なんか女子同士がやっていることだから、危険なんて感じなくて、一緒に塗り合ってしまったわけです」

「で、発情したんだ」

藤倉は突っ込んだ。

「はい……五秒でクリトリスが疼《うず》いて、一分後には、自分からマッパになって、三分後にはロシア人に太いのを受け入れていました。もうそのクラブ全体が乱交パーティみたいな状態になっていましたね」

「へぇ～」

藤倉はため息をついた、ため息をつくぐらいしか、相槌《あいづち》の打ちようがなかった。

「で、ばっちり、その様子を撮影されていたわけです」

ふたりが『淫爆』の販売人にされた顚末《てんまつ》だった。

その後、西里は『淫爆』を製作し続け、ふたりは六本木のクラブで、女を引っかける役目を担《にな》い、とうとうこのショールームのアロママッサージ室でも、客に塗るようになったという。

　それが……突如。

「昨夜、急に連絡があったんです。すべて始末しろ。証拠を残さないようにするためには、床や壁にばらまいて、百度に沸騰したお湯を掛けろと……まさか爆発を起こすなんて……」

　高梨奈津子が、わっと泣いた。ようやく現実に引き戻されたようだった。

　湾岸富士警察署のイケメン刑事に、真相をしばらく非公開にすることを依頼し、藤倉と江田はストップ製薬のショールームを後にした。

　ゆりかもめ線の青海駅へ向かって歩くと、ふと海沿いの台場コロシアムが見えてきた。歓声が上がっている。陸上競技ではなく、アイドルのコンサートをやっているようだった。

「有明のバレーボールや水泳の競技場建設は紆《う》余曲《よきょく》折《せつ》があったけれど。台場はさっさと作ってしまって正解だったな」

　藤倉は缶コーヒーを飲みながら江田に言った。

「あぁ、都知事が変わる前に出来ちまったからな。国立競技場が、万が一工事が遅れた場合に備えて、作ってしまったらしいが、正解だったんじゃないか」

江田が答える。

「しかし、国立競技場が、無事完成したら、台場コロシアムはまったく無駄な競技場になるんじゃないか？」

「まぁ、そのときは市場にしたら、いいんじゃね？　豊洲がだめなら、台場市場ってありでしょ」

と江田。どこまでも楽観的な男だ。

「お台場に市場か。なんか、うちの局長なら、もうちょっと洒落《しゃれ》たネーミングにしそうだよな。『フィッシャーマンズシティ・ダイバーズ』なんてな」

自分も相当楽観的な男だと認める。

3

『霞が関商事』（消防庁情報局《FIA》）に戻ると、チームKの女ふたりはまだ戻っていなかった。原因も犯人もすでに特定出来ているので、上野の現場に長居するはずはない。

ふたりは、おそらく池之端《いけのはた》の『伊豆栄《いづえ》』で鰻重《うなじゅう》を食べ、さらには『みはし』に寄って、あんみつまで、楽しんでいるに違いない。美穂はクリームあんみつかもしれない。くそっ。

諜報員のくせにＯＬみたいに、甘味処《かんみどころ》で、はしゃいでいるふたりの姿が目に浮かぶ。

――ったく、団子のひとつも手土産《てみやげ》持って、早く帰ってきやがれ。

昼食時を現場検証に当てたために、腹が減っていた。

江田は冷蔵庫に保管してある自分のミリ飯《めし》を食っている。陸上自衛隊で配給している戦闘時用の缶詰《かんづめ》食だ。とり飯、たくあん漬《づ》け、牛肉野菜煮の三缶を机の上に並べて食べている。さほどうまいようには見えないが、江田はこの食事を好んでいた。この男には日比谷のオフィス街より富士の裾野の訓練地のほうがあっている。

ちなみにミリタリー飯だから、ミリ飯。先ごろネットでミリ飯を横流ししていた陸曹《りくそう》長《ちょう》が懲戒免職《ちょうかいめんしょく》になった。弁当を売って馘首《くび》。

喜多川が真剣な目をしてパソコンのキーボードを叩《たた》いていた。

すぐに次に打つべき手を相談したかったが、忙しそうだ。

この間に、藤倉はランチに出ようと思った。このあたりで一番手頃の定食屋といえば、農林水産省の食堂だ。一月はぶりの照り焼き定食が一押しである。

「局長。俺、飯行ってきます」

扉に向かって歩きかけたとき、喜多川が呟《つぶや》いた。

「次の爆破、近いね。来月に決行してくるみたい」

「えっ？　局長、筋が読めたんですか？」

ランチは中止だ。藤倉は空腹で音を立てている腹を押さえながら、喜多川の席に進んだ。

「これを見てください」

喜多川がパソコンの液晶を指さす。藤倉は喜多川の背後に回った。江田もすぐに来た。

「なんですかこれ……通販のページじゃないですか」

喜多川が見ていたのは、南米の川の名前と同じ名前の世界的な通販サイトだった。ＤＶＤのジャケットがずらりと並んでいる頁だった。

藤倉と江田は顔を見合わせた。

自分がかつて制作したＣＤやコンサートのＤＶＤもこまめに買っている。そしてその作品の話になったときは、結構長くなる。延々と自慢話になるからだ。

「去年のクリマス・イブにね。僕が二十年前に制作したミュージカルがＤＶＤで発売になったのよ。ユー、知ってる？」

藤倉は首を振った。十二月二十四日はワシントンにいた。その日以降、それどころじゃないトラブルに見舞われていた。

「いま、チェックしてみたら、凄いことになっている」

喜多川がそのＤＶＤを指さした。

「とんでもないタイトルですね……」

藤倉は思わず呟いた。

ＤＶＤのタイトルは『爆破ロシアンルーレット』だった。

「エンタテインメントの要諦《ようてい》はスピード、スリル、セクシーなんですけれどね……この作品には、その三要素が完璧に盛り込まれているんですよ……」

でたっ。自慢話だ。

藤倉は「そうですか」と相槌を打って、さりげなく喜多川の背中から離れようとした。上司の過去の栄光話より、いまはぶりの照り焼き定食だ。

「僕は、水と火を使う天才と言われていましてね。このときは、水五百トンを使って、客席にまでシャワーを降らせたものですよ。ラストの決戦の場面では大量の爆竹を使いました。屋内劇場ではあれが限界でしたね……ほとんど花火大会です」

喜多川がありし日の自分の仕事に酔っているような眼になった。危ない。こういう眼になると完璧に危ない。次はだいたい、レビューに書いてあることを読めと言い出す。星五つのレビューがずらりと並んでいるのが目に入った。

「……でね、レビューが気になるんですよ」

ほらきた。喜多川が振り返った。藤倉は足を止めた。逃げられない。

「喜多川さんほどの功績を残した方でも、やっぱり制作者《プロデューサー》としては、レビュー、気になりますか？　日ごろは、人の意見になんて、ほとんど耳を傾けないですよね」

藤倉は少し皮肉っぽく言ってやった。言いながら後退《あとじ》さる。とにかく、ぶりの照り焼き定食だ。

「いいえ、情報局の局長として、ここに並んでいるレビューが気になるんです」

喜多川に腕を摑《つか》まれた。

「はい？」

「これ、全部見てください」

――どういうこった？

レビューが五十個ほど並んでいた。

藤倉と江田は液晶画面に顔を近づけた。江田の口が臭い。ミリ飯のたくあんの匂いだ。

最初の十人ほどは、いわゆる主演アイドルグループ『少年勇者隊』のファンの賛辞だった。

【二十年まえに自分が見に行ったミュージカルがＤＶＤになって嬉《うれ》しい。あの頃の三人って、いまのどのグループよりも踊りがうまかったんですね。もう一度彼らのダンスパフォーマンスが見たい】

【ラストの炎の演出は最高。いまなら消防法で無理ですね】

【二時間が、あっという間でした。当時のメイキングとか残っていないでしょうか？　今後どんどん蔵出しされるのを待っていますっ】

以下、似たようなレビューが並んでいた。

「えっ」

藤倉が思わず声をあげたのは、十二番目のレビューだった。

英語で書かれている。したがってこの一文だけやけに目立つ。簡単な英文だったので、藤倉にも読めた。

【この舞台をしのぐ爆発ショーが見たい。誰かやってくれないか。新しい時代には新しいヒーローが必要だ】

そんなレビューが載っていた。

一見《いっけん》、海外のファンと思いきや、どうも違う。

書き込み日は十二月二十四日。発売日の書き込みだ。レビュアー名に目が釘付《くぎづ》けになった。ペテルブルグ。

「おおっと」

江田が叫んだ。

「三個ほど先を読んでください」

喜多川が言った。藤倉は、先のレビューに視線を向けた。

【メリークリスマス。新しい水が出来たわ。最初の公演はモンゴルでしたよね】

レビュアー名はクレムリンとあった。

「うわぁ」

藤倉の心臓は止まりそうになった。

その後、五個ほどは普通のレビューが並んでいて、また英文のレビューがあった。

【水はモンゴルじゃなくて東京に行ってしまったわ。誰かなんとかして】

これもクレムリンだ。

さらに二個ほど先でペテルブルグが答えていた。

【手間が省けた。こうなれば、ぶっつけ本番だね】

「そこにコメントが入っているでしょう」

喜多川が指さした。レビューに対して入っているコメントはクリックして開かなければ読めない。藤倉がクリックした。

【すぐに東京に向かうわ。劇場はどこ？】

コメント者はバーベルと名乗っている。重量挙げのバーベルだ。

藤倉は叫びそうになったが、口に手を当てて、どうにか押しとどめた。なのに、横で江田が叫んだ。

「ジェシカだ」

あっさり言いやがった。

「それに、さらに答えている次のペテルブルグのコメントが実にいかしていますね。ナイスです」

喜多川が目を輝かせている。

藤倉はすぐ下にあるコメントを読んだ。

【だからロシアンルーレットだよ。どっかでボーン】

「ねっ。いかしているでしょう。僕が脚本書いても、きっとこうする。どこで爆発させるか、教えない」

喜多川が腕を組んだ。

――それじゃ困ります。ジョニーさん。

藤倉は腹の中で、文句を言った。けっして口には出せない。

「これって、僕らに対する挑戦状ですかね。それとも単純にこの作品のタイトルにちなんでの偶然ですかね」

藤倉は聞いた。喜多川が、即座に答えた。

「偶然ですね。スタートは十二月二十四日です。藤倉君の動きは予期していません。藤倉君が偶然『ドラッグストア・モスクワ・クレムリン』に行ったので、こうなったまでです」

「なるほど……」

「でも、挑戦状かもしれません」

喜多川が曖昧《あいまい》に笑った。狡賢《ずるがしこ》い顔になった。

「どっちなんですか？」

「どっちなんですか？」

藤倉と江田は声をそろえて聞いた。

「最初は単純に紛《まぎ》れ込ませたのだと思います。レビュー数が多くて、しかも小説や映画とかと違って、ふつうの大人があまり読まないアイドルのＤＶＤを使ったのでしょう」

「なるほど。アイドルのレビューには紛れ込ませやすい。やたらに数はあるし、熱狂的フアンはときにわけのわからないつぶやきも載せるので、都合がいいんですね」

藤倉が答えた。

「その通りです。でも、手違いがあって、この伝言ゲームがまずいと判断したら、普通消しますね」

喜多川が藤倉の顔を覗《のぞ》き込んで来た。人の能力を試すような視線だ。藤倉はこの目が苦手だった。

「はい……たしかに」

そのままにしてあるのは不自然だ。

「僕、このレビュアーが他に、どんな投稿をしているか、チェックしました。他にないです。この人たち、他にどこにも投稿していません。おそらく今までも、やっていたはずです、いろんな作品や商品を利用して、会話をしていたはずです。でも、その都度、消去しているんだと思います」

「テロの相談だったらそうでしょうね」

「でも今回は消してないんです」

「僕らが、発見することを期待している……」

「その通りです。日本時間の十二月二十七日以降は、藤倉君が諜報機関の人間だと、見当がついたはずです。成田と新空港自動車道であれだけのバトルをした時点で、彼らも読んだ。で、追跡を掛けて浅草で襲ったわけですね」

「まさに……彼等も相当な情報網を持っているということですね」

「そんな彼らが、あえて、記録を残しておきますか？」

「ないです」

「だから、挑戦状でもあるわけです。レビューの最後を見てください」

藤倉は一気にスクロールした。

一時間前に書かれたレビューが載っていた。クレムリンからのレビューだ。

【六本木で歌います。リハーサルですね】

「これって、挑戦状じゃなくて、招待状でしょう……」

喜多川が、ぽんっ、と手を打った。話はここまで、という合図だ。

そこに玲奈と美穂が帰ってきた。

「お土産、買ってきたわよぉ。『井泉《いせん》』本店の三色サンドイッチ」

美穂が紙袋を顔の前まで掲《かか》げて、振っていた。

これはありがたい。カツ、蟹《かに》と胡瓜《きゅうり》のサラダ、卵の三種にサラダが三個ずつ入っている。喜多川、江田と当分に分けて食べた。

4

午後九時。久しぶりに夜の六本木に出てきた。浅田美穂とコンビを組んで出てきた。刑事の捜査ではないので、ふたり一組になる必要はないのだが、今夜に関しては、男女双方がいたほうが、あらゆる局面に対応しやすかった。

商事会社の課長とOLという設定で動くため、藤倉は黒のビジネススーツを、美穂はグレイに白縞の地味なツーピースを着用していた。

さすがに火傷《やけど》した鼻に貼っていた絆創膏《ばんそうこう》は取ってきていた。鼻にはまだ火傷の跡があった。

そのビルは俳優座の真向かいにあった。エレベーターホールに立つと、美穂が呟いた。

「まだまんパンです……」

「聞いていない」

エレベーターの箱《ゲージ》に乗り込む。

「ちょっとだけ、触ってくれませんか？」

美穂がスカートの前を持ち上げた。深紅のパンティだった。光沢のある素材。国家公務員が着ける下着とは思えない。

「おまえ、どっかおかしくないか?」

十二階のボタンを押す。

藤倉は聞いた。触る気ゼロだ。職場の後輩女子と面倒くさい関係になんかなりたくない。

「はい、私、おかしいんです」

「なんで……」

尋ねると美穂は「えへへ」と笑う。

「化学ラボにあった『1905』の原液をちょっと太腿《ふともも》に塗ってみたんです」

「おまえなぁ……証拠物だぞ」

「供述の裏取りです」

「どういうこった?」

「昼に事情聴取したストップ製薬の今野沙也加が供述していたのですが、六本木で流行《はや》っていた『淫爆』は太腿の付け根に塗ると、一番効くって。それで塗ってみたんです。じわじわと股間に疼きが押し寄せてくるって。そうじゃなくても、このところ、ずっとまんパンなので、いい具合に効いてきています」

「あほか。それ『淫爆』の最新型だぞ。酒飲んだら、大変なことになるって知っているのか……」

「はい。喜多川局長に『塗ってみました』って、言ったら『ユー、いいね。これ飲んじゃいなよ』って、ジョニーのブルーを一杯くれました……で、出てくる前に飲んだら、もう回ってきましたね……エッチゾーンが、もうモヤモヤします」

「なんてことするボスだ」

「『ユー、ひとりで、昇《い》っちゃいなよ』って」

「店に入ったら、すぐにトイレに行って、穴を掻《か》き回してこいっ。三回ぐらい昇くまで、席に戻るな。いいなっ」

「ええ～、ここで先輩が、掻き回してくれればいいんですよ」

ちーん。エレベーターが十二階の到着したことを知らせるベルが鳴った。

「ち～んこっ」

美穂が物欲しげな眼で、パンティ股布の上を擦《こす》っていた。

「いくぞっ」

フィリピンパブ『スター&ムーン』は盛況だった。中央にバンドステージのある大箱だった。昭和のグランドキャバレーを思わせる雰囲気だ。いまはバンドが入っていない。

初回の来店であることを伝えて、席に通してもらう。

奥まった席に通された。

「こんばんわぁ。イメルダでーす。カップルのお客様、大歓迎です。うち女性には、ホストもいるよ。おねえさん、どうする？　男も呼ぶか」

フィリピンホステスがやってきた。三十代後半。ちょっと太っているが、めちゃめちゃ陽気だ。

「えっ、お願いしたいです」

美穂が即答した。店の出方を探るために来ているのだから、経費がかさんでもやむを得ない。

すぐにフィリピーノが来た。

「マルコスです。どうもよろしく」

真冬なのにアロハシャツをきた瘦《や》せた男だった。ジャスト三十歳ぐらい。

フィリピンビール『サンミゲール』で乾杯。とたんに美穂の両脚が緩んだ。左右にだらしなく開いている。パンツ丸見え。

「おいっ」

藤倉が美穂の太腿に手をかけて、閉じてやった。

「早く、トイレ行ってこい」

「……ですね。一回抜いてきます」

美穂がふらふらと立ち上がった。

「おきゃくさーん。スケベねぇ。お姉ちゃん、酔わせて、一発やる気でしょう。OK。私とマルコスで協力するよ」

イメルダがウインクした。

「そんなんじゃないから、いいよ。それよりバンドの演奏はまだかね？」

藤倉はステージを指さした。

「いまから、始まるよ。今夜は久しぶりにブリジット・ドナヒューが来日しているの。あなた知っている？　ブリジット……」

藤倉は首を振った。

「六本木では有名なステージシンガーね。彼女、ロシア系フィリピン人ね。だから私たちより色白いよ。お兄さんはモンゴルでビジネスに成功したね。彼女はワシントンに、お店持っているね。だから最近はもうあまり歌わないよ。日本にも来なくなった。あなた、ラッキーねぇ。今夜は久しぶりだから」

そういうことだったのか……徐々に見えてきた。

バックバンドの連中が入ってきた。チューニングをしている。

「あなたの彼女、トイレのままでいいか？　私、呼んでくるか？」

「いや、放っておいていい。彼女はそれほど音楽に興味ない」

客席全体の照明が落ちた。

「ブリジット、もうじき出てくるね……彼女見たさにくる偉いオッサンもおおいのよ、いまあそこに来た人、政治家と社長さんねぇ。よく来るよ」

ステージ前の席がわざわざ開けられていた。そこにちょうど上質な背広を着た男がふたり入ってきた。

「おぉお」

そこに来たのは閣僚経験もある大物政治家末広敬一郎《すえひろけいいちろう》だった。現在は議員バッジを外しているが、与党民自党内には絶大なる影響力を持っている。

永田町最大のロビイストと噂《うわさ》されている男だ。

もうひとりはわからない。この手のことは喜多川に聞くのが一番早い。藤倉はすぐに腕時計を彼らに向けた。カメラになっている。リューズを押して撮影する。もう一度押して送信する。相手は喜多川だ。すぐに返事が来た。

〈いま、歌舞伎座でお芝居を観ています。ＣＩＡジャパンに聞いてください〉

――まじかよぉ。

イメルダとマルコスに怪しまれないように、もう一度リューズを押してCIAジャパンの林にも送る。

ステージにブリジットが出てきた。白いロングドレスを着ている。やはりあのワシントンのドラッグストアにいた女と同一人物だった。

一曲目。『ロシアより愛をこめて』。

――そうきたかぁ。

末広敬一郎がブリジットに拍手している。ブリジットもなにかアイコンタクトをしているようだった。

一曲目が終わった。ブリジットがマイクを持って喋《しゃべ》りはじめる。日本語だ。

「こんばんは。久しぶりの六本木です」

見事なアクセントの日本語だった。

ブリジットはスポットライトが眩《まぶ》しいらしく、手庇《てびさし》をしながら客席内を見渡している。

藤倉の席で視線を止めた。トークを続けている。

「久しぶりに『スター&ムーン』に来たら、防災設備が増えているので、びっくりしました。とくに火災に対してては万全ですね。みなさん、この店はとても安全なので、ゆっくり飲んでいってください……では二曲目も懐かしいナンバーです。ドアーズの最大のヒット曲を、今夜はジャズ風にアレンジして歌います」

意味ありげなトークにつづいて、二曲目になった。聞き覚えのある曲だったが、曲名まではわからない。藤倉の守備範囲は演歌だ。

「なんていう曲名なんだ？」

イメルダに聞いた。

「『ライト・マイ・ファイアー』という曲。原曲はロックテイストのナンバーだけど、ブリジットが歌うとラブソングに聞こえるから、不思議だわ」

イメルダがうっとりとした表情で聞いている。

マルコスが注釈をつけくわえてくれた。

「日本での題名は『ハートに火をつけて』だよ」

まるで符牒《ふちょう》のようなタイトルだった。

腕時計が小刻みに震えた。林佑樹からの返信だった。時間を確認するふりをして、腕時計を覗いた。電光掲示板のように文字が流れていた。テロップを読む。

【一緒にいるのはストップ製薬の社長篠原敏夫《しのはらとしお》だ。ストップ製薬は東京オリンピックのオフィシャルスポンサーになれなかった。だから、せめて商品サプライヤーにしてもらいた

も

くて、末広にロビー活動を依頼しているんだと思う。いまいろ当たっているから、もうしばらくまってくれ、あとでより正確な情報を送る】

またストップ製薬だ。どんどん繋がって来る。

「あの社長さんも、よく来るのか?」

イメルダに確認する。

「うん、よく来るよ。英語のうまい娘さんと一緒に、よく来るよ。あっ、今夜も来たね……ほらっ」

イメルダが末広と笹川の席に近づく女の影を指さした。

ブリジットの歌う『ライト・マイ・ファイアー』はサビに入っていた。曲目のリフレインだ。

ブリジットがたったいま入って来た女に手を上げ、人差し指をトイレの方向に曲げた。

女も「了解」というように片手をあげて、末広敬一郎と篠原敏夫の前を横切った。

瞬間、ブリジットに当てられていたスポットライトに女の横顔が映し出される。

――大伝社の篠原茉莉っ。

高度一万メートルの上空で、藤倉にフェラチオをした女だ。

その篠原茉莉がトイレのほうへと消えていった。藤倉は不吉な予感を覚えた。

「俺、ちょっと後輩のこと、見てくるよ。彼女、ここに来る前から、そうとう酔っぱらっていたから、具合が悪くなっているかもしれない」

藤倉が立ち上がろうとした。

「だめっ。あなた、女子トイレ、入れない。だから私が見に行くよ」

イメルダが大きな尻を振りながらトイレに向かった。とりあえず任せる。

『ライト・マイ・ファイアー』が終わってもふたりとも戻ってこなかった。さすがに気になったので、藤倉が再度立ち上がろうとすると、マルコスに手首を摑まれた。きつく摑んでいる。客に対する態度ではない。

「離せっ」

藤倉は腕を振り、マルコスを振り切ろうとした。

と、そのとき、バンドのギターが特徴のあるイントロを引いた。ギターというよりエレキシタールに近い音色だ。あの曲だ。

「さぁ、ロックタイムよ。みなさんお待ちかねのストーンズメドレー」

ローリングストーンズの初期の名作『黒く塗れ』だった。ブリジットが客席を煽《あお》ると総立ちなった。フィリピンパブがライブハウスのような状態になった。

「離せっ、マルコス」

苛立《いらだ》った藤倉は叫んだ。その声も周囲に聞こえないほど、バンドの演奏は大音量になっている。

「あなた、ここから動けません」

わき腹に、いやな感触があった。ナイフを突きつけられていた。

ナイフを使う男は陰気だと、喜多川が言っていた。マルコスの横顔を見るとまさにその通りだった。

「お連れの女の人、お店が預かるそうです。あなたは別です。ちょっとこっちに来てください」

マルコスにナイフを突きつけられたまま、フロントのほうへと促された。店内は熱狂していた。客もホステスも拳《こぶし》をあげてステージのパフォーマンスに熱狂している。

その人垣の中を、藤倉は無言で歩かされた。フロントのエレベーターホールにまで連れ出されると、今度はロシア人三人と日本の半グレがふたりほど待っていた。

「引き継ぎます」

マルコスがそう言うと、日本人ヤクザが一万円札を数枚、マルコスに渡した。フロントのフィリピン人が「店の会計も」と言った。

「メリーさん、がめついね」

ヤクザがさらに三万円払った。

5

ワゴン車に乗せられた。六本木通りを渋谷に向かって走っている。ロシア人も白人も無言だった。

ワゴン車は渋谷を越えて池尻《いけじり》大橋に入った。山手通りを過ぎた頃に右に曲がる。この辺《あた》りは青葉台と呼ばれる小高い丘になっている。

丘の上に総合病院が見えた。

「入院するほど、身体は悪くないがね」

藤倉は脇に座っている金髪の半グレに言った。

「これから怪我《けが》をするから、大丈夫だ。あんた当面、入院になる」

「そうなんだ。俺、これから怪我をするんだ……」

背中にどっと冷汗《ひやあせ》が流れた。

曲がりくねった道を上がり、ワゴン車は総合病院の裏口に到着した。

「最初は整形外科に入ることになる。それからは先はペインクリニックだね。いいコースだろう」

　半グレが、今後の治療計画を説明してくれた。ありがたいことだ。知っているのといきなりでは、心理的な負担が違う。

　ワゴン車を降りると、白衣を着た医師らしきふたりが、ストレッチャーを用意して待っていた。まともな顔をした医師だった。本物だろう。

「まだ歩けるが……」

　藤倉が医師に告げると、ふたりは困ったような顔した。

　医師たちの背後で、声がした。

「すぐに歩けなくなるから」

　のっそりと、歌舞伎役者が大見得《おおみえ》を切るように、大仰な歩き方で、通用口から鼻に絆創膏を貼ったロシア人が現われた。

　成田空港以来、藤倉が恨みを買っている、あのアーノルド・シュワルツェネッガーに似た顔のロシア人だ。金属バットを持っている。

　ロシア人がバットを振り上げた。藤倉の膝に激痛が走った。

「ううう」

　何度も打ってくる。

「あぁあっ」
閉じた瞼《まぶた》の裏にいくつもの光が飛び散った。気付くとコンクリートの上に転がってい
た。立ち上がることは不可能だった。
ストレッチャーに乗せられて、院内の廊下を運ばれた。一見するに普通の総合病院だっ
た。
おそらくここの医師と看護師数名が六本木で、半グレの手に落ちたのだろう。ストップ
製薬の上野研究所以外にも彼らは、覚せい剤の加工場所を確保しているのだ。
運び込まれたのは、手術室だった。
すぐに服を脱がされた。腕時計も取られる。時計の仕掛けを知ったロシア人は、床に投
げつけて踏んだ。木端《こっぱ》みじんに壊れた。
予想していたことだ。
真っ裸にされ手術台に括《くく》りつけられた。局部の陰茎も露《あら》わにされた状態で、革のベルト
で拘束されてしまった。
手術室にはふたりの医師とロシア人がいた。男に裸を見られるのは、趣味じゃなかっ
た。
「あんたの連れの女も、別な部屋に運び込まれている」

ロシア人が言った。美穂も裸にされていると思うと、殴りかかりたくなった。むなしかった。もはや自立脱出は不可能だった。膝から下に感覚がなかった。これでは走るどころか、立つことさえ不可能だった。

弱みをみせてはいけないと思った。

「あぁ、彼女なら裸にされて悦《よろこ》んでいると思うよ。とにかく誰かに一発やられたいと言っていた」

「ふんっ」

顔面にロシア人の拳が飛んできた。しっかり皮手袋を嵌めているのがプロらしい。鼻の骨がぐしゃと鳴った。医師のふたりが身を縮めて眺めている。

つづいてもう一発貰《もら》った。今度は口。歯がぐらっとなった。折れてはいないが、欠けた。前歯だ。

咄嗟《とっさ》に考えたことと言えば、治療費だった。

――小春に、どう頼めというんだ。

そのまま、しばらくめった打ちにされた。顔面、胸部、腹部と拳と足でめった打ちにされた。

この男の怒りの度合いがわかる。

ここまで他人に殴られたということはなかった。顔は恐怖だが、胸はそれほどでもなかった。やっぱり一番効くのは腹だ。軽くゲロを撒いたら、ロシア人はいやな顔をして、殴るのをやめた。そんなものかもしれない。

医師たちに床を掃除させた。几帳面《きちょうめん》な性格らしい。

「整形外科はこれで終わりだ。次はこの痛みを和らげてくれる」

ロシア人が医師のひとりに顎《あご》をしゃくった。医師が注射器をもって近づいてくる。右の肩に打たれた。

「せっかくだから、名前ぐらい、教えてくれないか？　あの世で、その名前を呼びながら、待っていてやる」

鼻と口が粉々になっているので、自分でも何を言っているのかわからなかった。

「ミハイルだ」

男は言った。度忘れしていた。F—1ドライバーのミハイル・シューマッハにも似ていることも思い出した。

「そうか……ミハイルだ」

記憶が遠のいていくのがわかった。

瞼を閉じるといくつも星が浮かんで、それがいつの間にか大きな月になった。どんなに瞼をもちあげようとしても、上がらなかった。

声だけが聞こえた。医師の会話だった。

『この配合で、充分だろう。これなら、百度の沸騰湯で爆発する。俺たちにも出来たみたいだ。後は大量生産だけだ……ちかくに温泉があるんだよな……そこから源泉をぬすんでくるらしいよ』

『だったら、この原液は一斗缶《いっとかん》に詰めて百個もあればいいんじゃないか』

『と言っても大変な量だ。一週間で出来るのか？』

『やるしかないだろう。作らなきゃ、俺たちのセックス動画ばらまかれちゃうんだから……』

かすかに、そんな声を聴いたが、遠ざかって行った。

どのくらい記憶を失っていたのか、わからない。

いきなり陰茎がしゃぶられている感覚に襲われた。

瞼を開けようにも、どうにも開かなかった。強烈な睡眠剤を打たれているのだろう。意識がまだ朦朧《もうろう》としていた。

「茉莉ちゃんがしゃぶった後に舐《な》めるのもなんだけどねぇ」

ブリジットの声だった。根元を握られ、亀頭裏をべろ舐めされていた。ときどき握りを上下させてくる。

とても感じるが、膝から下に力が入らない。これは妙な感じだった。

「その棹《さお》、私が舐めた後に、ストップ製薬の女に挿入しているんですよ。あんなやりまんの穴に入った棹、よくしゃぶれますね」

篠原茉莉の声だ。

ふたりでやっているのかよ。

「私は乳首を舐めます。男の人の乳首を舐めるのって、なんだかクリトリスを弄《いじ》くっているみたいで、楽しいですよ」

それって、どんだけ大きな乳首なんだよ。

藤倉はすこしずつ思考能力が戻ってくるのを自覚した。

どれくらい時が経ったのか知らないが、ミハイルがあの腕時計を踏んだことだけは間違いがない。

だったら、一時間以内に、ＦＩＡのメンバーが駆けつけてくる。

「あぁあ」

目を瞑《つぶ》ったまま、思わず声をあげた。

茉莉に乳首を吸われていた。ちゅばっ、ちゅばっ、と吸われた。気持ちいいのだが、全身打撲状態だから、少しでも身体を動かすと痛い。

「生き返ったみたい」

茉莉が言った。

「痛みの後は、快楽よ」

ブリジットの笑声が聞こえた。まだ目が開かない……いや開いているらしい。あまりにも激しく殴られたので、瞼が腫れて、目を開いても視界が開けないのだ。

口だけは開いた。

「それはありがたい、しゃぶってもらいながら、目を覚ますほど快適なものはない」

喋っている間に、ブリジットは男根をすっぽり口腔《こうこう》内に収めてしまった。顔を上下している様子が想像された。

「おぉっ」

乳首もきつく吸われた。

「私たちね、唇に『淫爆』を塗って舐めているの……」

茉莉が言った。

「へえ～」

気持ちがよくて、あまり意味がわからなかった。

「皮膚から吸収しても、身体中が疼くんだから、粘膜に直接塗り込まれたら、あなた、悶《もだ》え死ぬわよ」

「そうかい……」

「悶え死ぬなら本望《ほんもう》だよ」

本音だった。

「でも、最後に爆発するのよ」

ブリジットが口を抜いた。ちょっと漏れた。

「へぇ～。もうちんこの先が爆発しそうだぜ。ただし亀頭が硬くなっても、太腿にも腹にも力が入らない。腹筋《ふっきん》とかに力を入れると、痛いんだ」

まったくもって、快楽と苦痛が脳の中で行き来するのは、辛いことだった。

「あなたと別な部屋にいる彼女。ふたりとも今日から毎日『淫爆』擦り込まれるのよ。その代わり一週間は、毎日、あなたは射精、彼女は昇天させてあげるわ」

「そいつは、ありがたい。時々抜いてもらわないと、あの女はまんパンになるし、俺もちんこがパンパンになってしまう」

「そうね。今夜は私の穴で抜いてあげる」

「あらあら、ブリジット姉さん、どこに蟹股《がにまた》で上がりますか」

茉莉が乳舐めをしながら、茉莉が呆《あき》れた声をあげている。

ずぼっ。そんな感じで、男根が女の柔肉に包まれた。しゅっ、しゅっと上下される。

「あぁぁああ、いいっ」

藤倉は叫んだ。同時に身体が力んだ。打擲が痛み、持ち上げた身体に拘束《こうそく》ベルトが容赦《ようしゃ》なく食い込んで来た。

「あぁあああああ、痛てぇええ」

ずんちゅ、ぬんちゃ。ブリジットが肉壺の上下を繰り返している。

「でもね……一週間後は、あなたも彼女も身体ごと爆発しちゃうの。あんっ、いいっ」

一週間も先のことなんて、どうでもよかった。いま早く爆破したかった。

——どかんっ、ば～んっ、と射精したい。

「来週は身体中に『淫爆』を塗って、競技場の柱に張りつけちゃうの。考えただけで、ぞくぞくしちゃうわ。それぐらいしないと、わたしたち収まらないわ」

「そんなに俺、失礼なことしたかな？」

「したわよ。私はあなたの虚言に騙《だま》された。ミハイルは鼻を折られた、ジェシカに至っては、あなたの目の前で裸になったのよ」

「悪気はなかったんだ」

「うそっ」

ブリジットが腰を回転させた。上下運動に捻《ひね》りまで加えている。

「出るっ」

亀頭の先端が開き始めた。

「だから、張りつけにして、競技場ごと、あなたたちも爆発させちゃうの」

「いま、爆発するってばっ」

ブリジットがフルスピードで腰を上下させてきた。

「うわっ、んぱっ、出るっ、いてっ」

藤倉は、無我夢中で叫んだ。

扉が蹴破られる音がした。

廊下のあちこちで、衝撃音が聞こえた。

肉筒が抜けた。えっ、まじっすか。いま射精しそうなのに……オーマイガッ。

精子が飛んだ。

ドタバタと、周りで揉《も》み合う音。

精子が絶好調で飛んでいる。

「マルタイが逃げました。廊下です。こちら藤倉先輩発見っ」

同僚の玲奈の声だ。

「玲奈、見るなっ、寄るなっ」

ドクドク精子が飛んでいた。

「いやぁあ、藤倉先輩っ、目にかかっちゃったじゃないですかっ」

玲奈の声。しゃがみこむ気配。

「俺には何も見えないんだ。だから、寄るなって、言ったろっ」

「あぁあ、一瞬目がくらんだので、マルタイの女、ふたりとも逃がしちゃいました」

「美穂は、美穂はどうなった？」

「そっちは江田さんと、チームSが向かっています」

チームSは須藤龍男《すどうたつお》副局長率いる武闘派チームだ。燃える男たちの集団と言われている。

「だめだっ、逃げられた。須藤チームが押さえたのは、医者ふたりと半グレだけだ。ロシア人やフィリピン人には逃げられた」

江田の声がする。

「浅田も見当たらない。人質に取られたぞ……っていうか、玲奈、藤倉の裸をなんかで隠せ」

「私、いやです」

江田がタオルをかけてくれたらしい。

第六章　爆風の彼方に

1

浅田美穂を人質に取られたことによって。チームKは一気に工作レベルを上げた。

「僕は彼らを絶対に許しません」

喜多川が言った。常に冷静沈着である喜多川の目に、怒りが満ちていた。

「せっかくの歌舞伎の時間を台無しにされたんですよ。初春大歌舞伎ですよ。せっかくいい気分で幸四郎《こうしろう》さんの『井伊大老《いいたいろう》』を観終えてですよ……。三幕目の染五郎《そめごろう》さんと愛之助《あいのすけ》さんの『松浦の太鼓』が最高に盛り上がったときに、緊急コールなんて、たまりませんよ……僕の歌舞伎観劇をどうしてくれるんですか。お弁当もまだ……残っていたのに」

唇を震わせていた。

どんなに怒りに満ちていても、ユーモアを忘れない人である。

「チームＫに、特殊拳銃所持を認めます。ただし今回はクールのみ携帯してください」

喜多川はついに伝家《でんか》の宝刀を抜いた。

消防庁情報局《ＦＩＡ》の諜報《ちょうほう》員は基本的に拳銃の携帯は認められていない。内閣情報調査室の諜報員も同様である。市中で拳銃の携帯を認められている公務員は警察官と麻薬取締官だけである。

倉庫に大砲や機関銃のある防衛省情報局員ですら、市中に拳銃すら携行《けいこう》することを許されていない。

しかしＦＩＡは銃刀法にひっかからない拳銃をいくつも開発していた。

火薬を伴わない弾を発射する拳銃は、基本モデルガンである。プラスチックの弾を発射させる銃やマシンガンは玩具とみなされているので合法だ。

ＦＩＡはこの基準を利用して『氷弾』拳銃やマシンガンを製作していた。

『クール・ガン』と呼ぶ。

弾が氷なのである。摂氏《せっし》〇度の水鉄砲だ。

これが人体に当たると、鉛の弾と同等のダメージを与える。しかものちに溶解するので、証拠が残りにくい。

もうひとつは『ホット・ガン』。これこそはまさに水鉄砲だ。ただし飛び出す水は百度の沸騰湯《ふっとう》だ。身体中《からだじゅう》に浴びせれば敵は全身火傷《やけど》を負う。

消防車の放水からヒント得て完成した武器だ。

ただし、今回は使えない。相手が百度で爆発を引き起こす液体を所持しているからだ。

「問題は一週間後の現場がどこになるかですね？」

玲奈がデスクの上で注射器を何個も並べて、テストをしながら、ひとりごとのように言った。

注射器は彼女の重要な武器である。

玲奈は元K大学病院の看護師をしていたが、主な担当は採血であった。毎日採血カウンターに座って、来る日も来る日も、患者の血を採っていたという。それで「抜く」のは飽きたのだそうだ。どうしても「打ちたい」という衝動に駆られていたある日、医局長にFIAへの転職を進められたのだそうだ。

ＦＩＡでは「打ち込み」の専門員として活躍している。対象者に気づかれないように接近し、針を刺すのだ。昏睡《こんすい》させて捕まえる際などに役立つ。

「彼等の動きに関しては、恥を忍んでＣＪ（ＣＩＡジャパン）に追跡を依頼をしました。ですからすぐに特定できるでしょう」

「珍しいですね。ＣＪが日本の機関に協力してくれるなんて」

江田が言った。

藤倉克己は包帯だらけの姿で椅子に座り、彼らの話を聞いていた。膝から下はボルトで固定していた。

「ドーピング問題は、もともとアメリカの陸連が金メダルの最大のライバルであるロシアを排除するのが目的で、世界反ドーピング機構【ＷＡＤＡ】に提訴していたものです。日本でその裏組織を生け捕りに出来れば、日本支社としての大手柄になる。だが、日本支社は、人員が少ない。そこで相互扶助《ふじょ》となりました。我々としては、浅田美穂君を奪還《だっかん》することが最優先ですから」

確かに仲間を助けることが最優先だった。

藤倉は特殊銃持ち出し票にサインをしながら、喜多川に頷《うなず》いた。

「ということは生け捕りが原則なんですね」

「そういうことになります。我々は浅田君の身柄を取り返すだけです。ペテルブルグ旅団のメンバー、とくにミハイル、ブリジット、ジェシカの三人は、ＣＪの林君に逮捕させます。日本国内では、この事案は、なかったことにするのです」

「わぁ〜。なかったことにしちゃうんですね」

と江田。

「そうです。ドーピングも毛生《けは》え薬も覚せい剤も、そして爆破誘引《ゆういん》薬の存在もすべて、なかったことにするんです」

喜多川が断言した。

――そこまで言える根拠はなんだ？

「政府の希望です。都も望んでいます」

「なぜですか？」

「東京オリンピックを前に、スポーツのイメージと東京のイメージを、これ以上悪くしたくないみたいです。とくに東京都はいま、豊洲市場の移転で頭がいっぱいなんです。築地は老朽化が激しいし、豊洲は土壌の有害物質の問題が払拭《ふっしょく》しきれていない。これはたったの二週間程度しか開催されないオリンピックより大きな問題です。政府も都もいまはこの問題に集中したいので、ドーピングや六本木の半グレの覚せい剤事案をオリンピックと結び付けてほしくないというのが本音です」

「で、ＣＪに片づけてもらっちゃえってことですか」

藤倉は特殊銃保管庫に向かうために立ち上がった。松葉杖《まつばづえ》で歩くしかなかった。

「そういうことです」

と喜多川。メールが入ったらしく、デスクトップの液晶画面に視線を向けた。

江田も一緒に立ち上がった。

「まぁ、手柄を立てるのが、林だからいいか。あいつ友達だから」

「その林さんから、メールが来ました。爆破対象施設が、おおよそ特定できたみたいです」

「早《はえ》えっ」

藤倉は唸《うな》った。

「台場《だいば》コロシアムですね。来週の金曜日。オリンピックの模擬試合が行なわれるそうですが、そこを狙うみたいです」

「コロシアムとはさすがだ‼　敵はセンスがいい」

喜多川が手をたたいた。

「センス?」

藤倉は聞いた。

「コとムを取るとロシアですよ」

全員啞然《あぜん》となった。

「ところで模擬試合ってなんですか?」

玲奈が聞いた。誰でも知りたい情報を聞いてくれるのでありがたい。

「これは、公式記録に反映されない試合です。選手より、むしろ大会運営者が、本番に備えて、練習《リハ》を積む試合です。国立競技場がまだ出来ていないので、『台コロ』を使うんでしょう。有名選手は出ません。ですが選手サイドのスタッフも段取りを把握《はあく》するいい機会になります」

「彼等の狙いは何ですか？　そこでドーピング除去液を使うんでしょうか」

「もちろんですよ。彼等もオリンピックに向けて、リハーサルになります。ロシア選手はまだ、出場が認められていませんから、モンゴルとフィリピンの選手で試すでしょう」

喜多川が言うと、玲奈も立ち上がった。注射器を天井に向けて打った。白い液が飛ぶ。

「それって、走る前に、ドーピング薬を打って、ゴールした後にすぐに、例の『黒く塗れ』を打って消すってことですよね」

「第一の狙いはそれだろう」

喜多川がメールを読みながら答えた。

「そこは私の担当ですね」

玲奈が注射器をさらに、シュッ、シュッと打つ。

「これ、黒く塗りつぶしたのを、さらにホワイト化（除去）するお薬なの。今朝一番に樋口さんから貰《もら》った」

医療技官の樋口も、昨夜は徹夜をしてこの薬を調合したらしい。

「玲奈さん、よろしくお願いします」

喜多川が続けた。

「彼らの目的はそれだけではありません。ドーピング薬の除去の確認が出来たら、次はその薬が、百度の沸騰湯で爆破誘引できるかを試すつもりです……要はテロのリハーサルもここでやるつもりですね」

——たまんねぇな。

「しかし、コロシアム一個を爆発させるって、いったいどれだけの『淫爆《いんばく》』液とお湯が必要になるんですか……」

江田が聞いた。

「台場コロシアム……先週から塗装工事しているみたいです」

「ええぇ〜」

三人同時に声をあげた。

——競技場の外壁に淫爆液を塗りこめるんだっ。すげぇことしやがる。

「お湯は？」

「それが問題です。都庁が所有しているほどの放水車を十台ぐらい準備すれば可能ですが、それは無理でしょう。いくら何十億という資金を手に入れたからと言って、放水車なんて、簡単に作れるものではありません。一週間後は無理です」

「どうやって、防げばいいんだ……それに美穂を助け出さなければならない」

「まだ一週間あります。作戦は考えましょう」

喜多川がようやくデスクトップ画面から顔をあげた。今度は自分がメールを打っている。

玲奈が注射器を何度も噴射させながら、その喜多川に言った。

「でも、局長、美穂は、その間、ずっと『淫爆』責めにあっているんですよね」

しゅっと、喜多川の頭の上にめがけて注射を打った。喜多川が不機嫌そうな顔をあげた。

「大丈夫です。一週間ぐらいならセックスやオナニーをしすぎても、死にはしません。彼等も、藤倉君がまた登場するのを待っているはずです。それまで、美穂ちゃんを、殺しはしません。美穂ちゃんもいい機会だから、ズボズボされるのを楽しめばいいんです」

喜多川はこともなげに言った。

「そっかぁ～。私も多少、ズボズボされたい」

た。江田も「むりっ」と答えている。


その夜、藤倉はようやく桜新町の官舎に戻った。扉を開けると、妻の小春が出てきた。都合十日ぶりぐらいの対面だった。

「あら、お帰り……」

「お帰りじゃないでしょう。勝手に沖縄旅行とかしていたくせに……」

「パンツに口紅つけて、飛行機降りてくる人より、ましでしょうよ……というか、ひどい顔ね。それに松葉杖なんか突いちゃって。避難訓練？」

「じゃないっ。本当にアクシデントがあったんだ」

藤倉は包帯だらけの身体でリビングに向かった。

「浅草の太助さんと、うちの父が来ていますよ」

「強盗する相談でもしているのか？」

「なんてこと言うんですか」

藤倉がリビングに入ると、太助と義父の玉川勝利が目を剝《む》いた。

「透明人間かよ？」

声をそろえて言いやがった。

「てやんでぇ。名誉の負傷だっ」

藤倉はぎこちない動きで、ソファに座った。

「明日から、築地の国立消防庁病院で集中治療だ。幸い内臓に問題があるわけじゃない。骨だけだ。冷凍庫の中に入ると、治りが早ぇんだそうだ」

藤倉は治療計画を説明した。

「そいつは、つまり冷凍療法の人体実験になるってことだろよ。いっそ、そのまま冷凍庫で百年ぐらい保存してもらったらどうだ」

と祖父の太助。

「うるせぇ、ジジイ。あんたが法外な餞別《せんべつ》なんか寄越《よこ》すから、ややこしいことになっちまったんだっ」

「まぁまぁ、ふたりともやめなさいよ。俺たち、とりあえず見舞いに来たんだから」

義父に諫《いさ》められた。内容は語っていないようだが、事故に遭《あ》ったという件は江田が浅草の実家に連絡したらしい。

「ここに来る暇があったら、温泉にでも行って来ればいいじゃないですか」

藤倉が義父に伝えた。

「ふんっ」

と太助。つるっ禿《ぱげ》を叩《たた》く。持参してきたらしい清酒の一升瓶の口をあけ、湯呑《ゆのみ》に注《つ》ぐ。

次のセリフは決まっている。

「まぁいいから、飲め」

「おぉ」

と藤倉も湯呑を受け取り、呷《あお》るように飲んだ。

「温泉と言えばな……」

太助も一杯付けた。義父の勝利も追従《ついじゅう》してくる。

「……今日の昼間に馴染《なじ》みの土建屋がやってきてな、地下掘りの作業員が足りないと相談にきた。こちとら鳶《とび》職は空中戦専門だ、バカも休み休みと言えと、まぜっかえしてやったら、なんでも温泉の引き込み工事を頼まれたんだそうだ」

「ほう。どこで」

勝利が聞いている。

「台場だそうだ」

「ふ〜ん。あそこには、小江戸温泉があるよねぇ。地下千四百メートルぐらいに、天然の源泉《げんせん》があるんだってな」

花火師の義父は大の温泉好きだ。

「お義父《や》っさん。源泉っていうのは、だいたい何度ぐらいのものなんですか？」

気になって聞いた。

「まぁ、ピンキリだがよ。雲仙《うんぜん》の小浜《おばま》温泉なんかは一〇五度あるっていうし、六〇度ぐれえのもざらだ……低くてもまぁ源泉なんだから五〇度はある。普通俺たちがへぇる風呂ってのはよ、四二度ほどだ。それよりは遥かに熱いやね」

「ほう、勝さんも物知りだ。どうだい、こんだぁ、その小江戸温泉っていうのに行ってみるかい」

太助が勝利に酒を注いでいる。まるで江戸の長屋の光景だ。

翌日から藤倉は築地の国立消防庁病院でリハビリ治療に入った。三日でもとに戻してくれるそうだ。

2

空は澄み渡っていた。

古代ローマの円形劇場《コロッセオ》を模したとされる台場コロシアムは、その外壁を白からピンクに塗り替えて、真冬の陽光の下で輝いていた。

かつて大田区に存在していた田園コロシアムを再現したとも言われているが、その景観は無機質な建築物が多い臨海地区において、一際《ひときわ》優雅に見える。

「あの塗装に淫爆液を潜《もぐ》り込ませたってわけかよ？」

江田が聞いてきた。

「おそらくな。原液が黒っぽいから、白ってわけにいかないから、ピンクにしたんだと思う。太陽に照らされて、燃えちゃうってことはないんですかね？」

藤倉は喜多川に聞いた。もし燃えるなら、この日差しは怖かった。

「日差しだけでは燃えないです。淫爆液というか最新型の『１９０５』はお湯という液体に反応するんです。熱だけでは爆発しません。それにしても藤倉君、回復が早くてよかったですね」

「はい。膝から下に骨を繋《つな》ぐためにボルトやナットがたくさん入っているそうです。おかげで足がかなり重いです」

それでもたった三日で歩けるようになっていた。

消防庁病院の設備は凄《すご》すぎる。火傷した消防士の皮膚を三時間で再生してしまう技術を開発しているほどだ。いずれ症例を積み重ねて、一般人医療に転用するそうだ。

消防庁病院は残念ながら、一般には解放されていない。特殊な怪我《けが》を負った消防士と警察、自衛官にのみ門戸が開かれているのだ。別名『野戦病院』。患者は治療方法を選べない。その代わり、どんな手を使っても、強引に治してくれる。ある意味凄い病院だ。

台場コロシアムの中に入った。

玲奈が仲間を十人ほど連れて、グラウンドへ続く通路の前に立っていた。

「K大学病院時代の私の仲間です。通称『採血ガールズ』。相手の顔も見ずに、注射器を刺して、抜くということを毎日繰り返しているメンバーです。お子さんにも、お年寄りにも『痛くない』と言われている精鋭たちです」

玲奈の背後に立っていた女子が全員にっこり笑った。

「お注射は、チクって感じさせたらダメなんです」

ひとりがそう教えてくれた。

玲奈も含めて、全員ブルーのグラウンドコートを着ている。背中に「TOKYO—OFFICIAL」の文字。

なんだかわからないが、公式な役割を持った人たちみたいだ。いちおう首から「ALL AREA　ACCESS」のパスをぶら下げている。

許可証を取るのは、簡単なことである。

「では、ホワイト化については頼みますね」

グラウンドは玲奈に任せて、藤倉たち三人はスタンドに上がることにした。

観客席は少ない。東京オリンピックの開催決定以前に完成したために、収容人数は小さく見積もられていたのだ。満杯で二千人ほどだ。もしこの競技場のスタンドが二万人規模のものであったなら、国立競技場の建て替えは不要だったかもしれない。

「模擬試合だから、客少ないですね」

ベンチに腰を下ろしながら、藤倉はスタンドを見まわした。

客はぱらぱらとしかいなかった。それでも三百人はいる。目付きの悪い客も多い。半グレ集団が見守りにきているのだ。

グラウンドには、外国人選手たちが大勢いて、ウォーミングアップをしている。

「いざというときに、この客はどうしますか?」

「お客さんの中に、青海第八消防署の署員が五十人ほど紛《まぎ》れ込んでいます。私がこの発煙筒をあげたら、彼らが一斉誘導をします」

喜多川がベージュのカシミアのチェスターコートのポケットから発煙筒を取り出した。

「そうですか」

「それに、東京消防庁の大型梯子車《はしごしゃ》が五台ほど待機してくれています。目立つといけないので、海沿いに待機させています。この発煙筒をあげると、彼らも駆けつけてきます」

「それは心強い」

「まずは、玲奈さんのお仕事を見ましょう。ドーピングの除去をテストしない限り、彼らは次の作戦には出てきません。しばらくは高みの見物です」

喜多川は発煙筒をしまうと、代わりにジョニーウォーカーの小瓶を取りだした。黒ラベルだった。

「どうして青ラベルの小瓶は売っていないんでしょうねぇ」

面倒だから答えなかった。多分高額なので一般向けではないのだと思う。

グラウンドで百メートル競技が始まった。

何組かが走った。

「競馬より、あっという間ですね。結果を予想している間もない」

とジョニーを飲みながらの喜多川。

「博打《ばくち》じゃないですから」

何レースかが終わった。今度は二百メートルが始まる。

「少し、楽しくなってきました」

喜多川がほろ酔い加減になってきた。時おり居眠りを始めている。世話の焼ける老人である。

「藤倉、なんか、下が騒がしくなってきているんじゃないか？」

江田がスタンドの真下を指さした。真下には選手やスタッフが控えている部屋が並んでいる。薬物検査室もあるはずだ。

「ちょっと見てくるよ。局長のことを見ていてくれ」

「あぁ、わかった」

藤倉は階下に向かった。選手やスタッフでごった返す通路に入った。

奥へ奥へと進んだ。廊下の突き当たりの遮蔽扉《しゃへい》の前で、男ふたりが口論する声が聞こえた。藤倉は人ごみに紛れた位置からその様子を覗《のぞ》く。

ロシア人と思われるスタッフがトレーニングウエアは着ているが、金髪でガラの悪そうな日本人数名に怒鳴《どな》っていた。

日本語で怒鳴っている。

「なんで、効かないんだ。おかしいじゃないか」

「んなぁこと言ったたって、俺たちは、ちゃんと打ったんだ。そのさきのことまで知らねえ」

藤倉は男たちに気付かれないように、踵《きびす》を返した。

玲奈たちが仕事を開始したようだ。

そのままグラウンドに出た採血ガールたちを探す。

二百メートル走に並行して、棒高跳びや走り幅跳びなどの競技も始まっていた。グラウンド内には選手もスタッフも入り乱れていた。

女子二百メートル走の決勝がたったいま終わったようだった。

勝者が確定したようで、歓声が上がっている。藤倉の知らない国旗を付けた女子選手が笑顔でスタッフのほうに帰って来た。三位だったようだ。

「グッ、ジョブ」

目鼻立ちのはっきりした選手がコーチに言っている。

ふつうと逆だ。それはコーチが選手に言うセリフだろう。

「OK。ルイーズ。ブラックしにこう」

コーチは意味深長《しんちょう》な言葉を吐いた。

ピンときた。藤倉はさりげなくスタンドの境目にある壁に寄りかかりふたりの行く手に視線を走らせた。

ルイーズと呼ばれた選手と紺のブレザーを着たコーチはスタンド下の通路に向かって歩いていた。すっとジャージの男が寄ってきた。白人だった。

親し気に三人は談笑しながら歩いている。藤倉はじっと目を凝《こ》らした。男が握った拳の中から、超小型の注射器を出すのが見えた。ルイーズの肩を叩くふりをして、ぷすっと刺す。

——黒く塗りつぶしやがった。

「サンキュウー、サンキュウー」

コーチが言った。男が離れていく。ルイーズとコーチは控室へと続くスタンド下へ階段を下りようとしていた。

すぐに一人の女性が近づいてきた。ブルーのグラウンドコートを着た女性だった。あれは玲奈の仲間だ。

採血ガールのひとりがバインダーを開いて、選手に何か説明している。

と、そこにもうひとり同じ格好した女性がやって来た。

コーチに話しかけた。

その一瞬の隙だった。最初にいた女性が、ルイーズの腕に注射する。彼女たちが何をしようとしているか知っている藤倉でなければ、絶対に気づかない早業《はやわざ》だった。

——ホワイト化成功っ。

藤倉は心の中で、スタンディングオベーションをしていた。あの注射技は至上《しじょう》の芸だ。

採血ガールのふたりはその場を離れた。選手たちは何も気が付かずに、階段を下りて行った。

黒と白でオセロゲームをしているようなものだった。

医務室の前が大騒ぎになっていた。いろんな国の、何人ものコーチがドーピング検査の医務官に怒鳴っていた。

オセロゲームは白が断然有利に進んでいる感じだった。

藤倉はスタンドに戻った。

喜多川は起きていた。双眼鏡でグラウンドを見回している。まるでパリのロンシャン競馬場にいる老貴族の趣だった。

「玲奈さんチーム大活躍しているようですが、敵は気付き始めましたかね」

「はい、もう気付いています。ドーピングで陽性が出まくっているみたいです」

藤倉は報告した。

「では、もうそろそろ敵も爆破工作に移行してきますね。『1905』のブラック化効果が出ないとなると、彼らのビジネスは一時停止になります。そしたら、一気に証拠隠滅《いんめつ》と今度は爆破ビジネスのほうへと転換するためのデモンストレーションに切り替えると思います」

「デモンストレーション？」

藤倉は聞き返した。

「はい。ＡＴＭの不正操作であれだけの巨額の資金を得たんですから、テロビジネスの業務拡大を図ることでしょう。『１９０５』が本当の意味で『淫爆』に代わるんでしょうね。そのデモンストレーションを世界の闇ビジネス関係者に知らしめるために、一発ここでやるはずです」

なんとなくスタンドが揺れている気がした。喜多川も腰を浮かせて、椅子を確認している。微動だが確かに揺れていた。

すぐ近くで、女子八百メートル走を応援しているどこかの国の一団が、飛び跳《は》ねながら声援を送っていた。

自国の選手がラストスパートを仕掛けたようで、ごぼう抜き状態になっている。それで興奮してしまっている様子だった。

手すりも揺れている。たしかに大柄な観客たちだったが、あれでスタンド全体にまで響いてくるのであれば、この施設、手抜き工事だったのかもしれない。

江田は立ち上がり、座席に靴底を乗せていた。

「あそこの観客のジャンプと、この下からの微妙な揺れ、リズムが違うような気がするんですけど……」

江田の革靴の先端は微動している。それは一定のリズムだった。車のエンジンから受ける震動に近い。

なんだこの震え。

「それより、藤倉君、江田君、おふたりで美穂さんを探しだしてきてください。必ずこの中にいます。我々が美穂さんを見つけるのを待っているはずです。彼等は、美穂さんごとぶっ飛ぶ様子を我々に見せたいんです。いや、厳密に言えば、藤倉君に見せたいんです。そして藤倉君もその場で爆殺したいのでしょう」

喜多川はまたジョニーを飲んだ。

――飲む局面なんだろうか？

「藤倉君。骨は拾って差し上げます。ボルトの入った骨ですから、すぐにわかるでしょう……」

「って、俺が死ぬのが前提でしょうか？」

「いや映画やお芝居だと、だいたい助かります」

「これ、芝居じゃないんで」

「そうそう、美穂さんを発見したら、その時点で、腕時計リューズ、押してくれますか。

そのコールがあったら、僕、発煙筒焚《た》きます。観客や選手、スタッフ、退避させますから、それまで、爆破を引き延ばしてください。エロ話するとか、もっといい商売があるとか、いろいろ言えるでしょう。避難に三十分はかかります。それぐらいお願いします。避難が終わったら、こちらもリューズ押します。そしたら、爆発しちゃってもいいです。僕も離れたところで、見学します。さぞかし、凄い燃え方するんでしょうね。このコロシアム……」

「燃え盛る火の中で、俺はどうなるでしょう」

一応聞いておきたい気がする。

「それは決まっていますよ。藤倉君は裸の美穂さんを抱いて、炎の中を走るんです。崩れてくるコンクリートとか炎の付いた木片とか、そういうのを頭や背中に受けながら、外に向かって走るんです。ブルース・ウィリスみたいに、苦み走った顔で、ひたすら外に向かって走るんです。ここ最高の見せ場ですから、死んだ気になってやってください」

――あんたは、蜷川幸雄《にながわゆきお》か？　つかこうへいか？

喜多川は「早くそれが見たい」という眼をした。

「まじ、芝居じゃないですから」

藤倉は目を吊り上げながら、そう答えて、喜多川に背中を向けた。

江田が、追いかけてくる。

「まぁ、俺も付き合うからさ……」

この男だけは、あいかわらず楽天的だった。

3

一階通路を、藤倉と江田は、それぞれ逆方向に走った。藤倉は右回りを取った。選手たちでごったがえす通路を進み、先ほどロシア人とチンピラが口論をしていた、遮蔽扉の前を目指した。

円形劇場《コロシアム》なので、通路にも行き止まりはないはずだった。ロシア人がいたあの先があやしいと思う。

辿《たど》り着いた。

すでに先ほどのロシア人と半グレの男はいなかった。

巨大な遮蔽扉を押した。鍵はかかっていなかった。ズシリと重い手ごたえがあったが、身体ごと押すと、ぎぃという音を立てて扉が動いた。

出来た隙間から中を覗く。

うす暗闇だった。むき出しのコンクリート壁と柱が何本も見える。コロシアムそのもののバックヤードです。

「あの、そこから先には控室もストレッチルームもありませんよ。大会スタッフでも立ち入り禁止なんですけど」

紺のブレザーを着た紳士が教えてくれた。落語家の三遊亭円楽《さんゆうていえんらく》に似た顔をした往年のマラソン選手だった。

「あぁ、すみません。俺、水道管の修理屋で。大会と関係ありませんから。このパスはこまでの移動に必要だったので、付けさせてもらいました。本来の仕事はこの中でして」

適当なことを言った。背広を着ていたので、不自然なのだが、そこは口から出まかせだった。修理屋がツナギの作業服を着ているとは限らない。

「失礼しました」

往年のスター選手は、笑顔で各国の控室の並ぶ通路を逆戻りしていった。

藤倉は扉の中へと足を踏み入れた。いきなり匂いが違っていた。コンクリートとカビの臭い。

コロシアムの上体部は全周が観客スタンドになっており、中央はグラウンドである。だがスタンドの下はすべてがいわゆる「楽屋」ではない。選手控室、ストレッチルーム、大会役員用の会議室、応接室、医務室などは、おおよそ三分の二周に当たるスペースの中に組み込まている。残りの三分の一周ほどは「空洞」だった。藤倉は消防士時代に、なんどかスポーツアリーナや劇場に避難訓練の指導に行ったことがあるが、おおよそこういう作りが多い。用具室や機械室などが、こうした空洞部に設置されていたりする。

むき出しの蛍光灯だけはついていた。

藤倉はあたりに注意を払いながら進んだ。ひたすら前進すれば、逆向き通路との遮蔽扉に行きあたるはずである。

床が振動するのが気になった。ふと足を止め、耳を澄ますと、ゴボゴボと何かが地下を通っている音がする。

藤倉は床に寝そべって、コンクリートに耳を付けた。大きな脈拍のような音がする。

——なんだこりゃ？

地下からの音に聞き入っていると、天井を向いている耳のほうに、悲鳴が聞こえた。藤倉は起き上がった。両耳に手を当てて、悲鳴の方向を探った。女の悲鳴だった。

——いやこれは嬌声《きょうせい》だ……。

浅田美穂のよがり声だと確信した。

咄嗟《とっさ》に壁際によって、腰の拳銃ホルダーに入った特殊銃を確認する。そのまま壁伝いに歩いた。

数歩進んだところで、中央の四角い柱に縄で括《くく》りつけられた美穂を発見した。真っ裸にされている。

藤倉は一つ手前の柱の陰から、美穂の様子を窺《うかが》った。

美穂は肩、胴、太腿《ふともも》、足首を固定されているが、両手は自由にされていた。

もっとも結び目は柱の裏側になっているようで、手を回しても自力では解けないだろう。

美穂の身体は濡《ぬ》れていた。サンオイルを塗ったように肌が輝いて見える。『淫爆』を塗りまくられているのだ。

美穂は指を股間に這《は》わせて、激しく動かしていた。肉割れを片手で割り広げ、もう一方の手の指で、淫芽を捏《こ》ね回していた。瞳はうつろだ。もう何度も昇《い》ってしまっている感じだった。

——後輩のオナニー、見たくねぇ。

周囲には誰もいない。

藤倉は時計のリューズを押した。迂闊《うかつ》に美穂に接近することは危険すぎた。とにかくこの先どんな展開が待っているかわからないのだ。

まずは、喜多川に知らせて、無辜《むこ》の人々を避難させることが先決だった。

喜多川からすぐに返信があった。

【すぐに観客の誘導を始める。ユーの奮闘を祈る】

——それだけかよ……。

じっと待った。誰かが出てくるはずだ。藤倉は特殊銃を抜いて、美穂を見守った。

美穂は自慰の手法を淫芽の捏ねりから、膣穴への指挿入に変化させていた。また昇きたくなったのだろう。指を二本挿入させている。物凄い勢いでスナップをきかせていた。

——穴、拡大しちゃっている。

天井から埃《ほこり》が舞い散ってきた。人が動き回っている気配だ。喜多川がすぐに観客の避難を指示したようだ。

場内アナウンスの声が聞こえる。グラウンドの選手に向かっている。

『機械室でトラブルが発生しました。電光掲示板及び速度測定器具が使用不可能となったため、試合を中止いたします』

すげぇ、言い訳をしている。

遮蔽扉の向こう側からも係員が叫ぶ声が聞こえた。

「電気室で、軽い爆発《せ》がありました。みなさん、早く、外に出てください」

選手やスタッフを急き立てている。

藤倉は美穂が縛られている柱の二十メートルぐらい先に電気室があるのを見つけた。金《かな》網《あみ》に囲まれた一角だ。巨大な発電器が置かれている。

爆発なんてしていなかった。

チーム須藤の連中はとにかく現場処理をすればよいというタイプが多い。『爆発するから早く逃げろ』と言えば、そうとうのんびりした性格の選手団でも飛びだして行くことだろう。

「やってくれるじゃないの。これじゃ、せっかくのデモンストレーションが台無しだわ」

電気室の裏側から、のっそりとブリジットが現われた。赤いエナメルのジャンパーと黒のレザーパンツを穿《は》いていた。

拳銃を持っていた。サタデーナイトスペシャルと呼ばれる安手《やすで》の拳銃だ。

「世界を覆《くつがえ》そうというテロ集団にしてはお粗末な拳銃だな。それはマニラのナイトクラブで簡単に手に入る代物《しろもの》だ」

藤倉も特殊銃をブリジットに向けた。

「そちらはコルトのゲッタウェイね。だけどそれも相当古典的な拳銃だわ」

せせら笑っている。ブリジットがサタデーナイトスペシャルのトリガーを引いた。藤倉にではなく、床に向かって打っている。床板が飛んだ。

そこだけマンホールのように穴が開いていた。

「下に水道管が走っているんだけど、いま流れているのは東京都の水じゃないわ……」

「ほう。じゃぁ、アルプスからでも引いてきたのかな？」

藤倉は銃口を向けたまま用心深くブリジットを見守った。手前では美穂がひたすらオナニーをしている。どうもやりづらい。

「水じゃないのよ」

「お茶かよ？」

これを茶化《ちゃか》すという。藤倉は偶然出た自分のギャグに、悦に入った。思わず顔がほころんだ。そういう性格だからしょうがない。

「ふざけないでっ。あなた、ずっと、私をバカにしているでしょう」

敵が怒った。怒らせるつもりはなかった。これが自分の性格だから仕方がない。江戸っ子は洒落《しゃれ》を粋に感じて生きている。

「熱湯よ。小江戸温泉の源泉。百度の熱湯をこちらに引き込んでいるの」

「そいつは、温泉泥棒だ。いまに窃盗犯《せっとうはん》担当の刑事が出動してくるぞ」

まだ十分と経っていなかった。喜多川は三十分繋げと言っていた。

――長《な》げぇ。

普通、芝居の暗転の時間って、せいぜい三十秒だろう。

藤倉は天井から吊るされた蛍光灯に向けて特殊銃を撃った。火花は出ない。発条《ばね》が弾を押し出すだけの乾いた音がした、氷弾が飛び出す。

バーン。蛍光管が割れ、ブリジットの頭上にガラスの破片が舞い散った。

「よくもやってくれたわね」

ブリジットが開いた床に向かって、弾丸を撃ち込んだ、水道管が割れたようだった。大量のお湯が吹き上げてくる。

横に走っている水道管に三個ほど穴をあけたらしく、三筋の噴湯《ふんとう》が上がっている。彼女の前にお湯のカーテンが引かれてしまった感じだ。

「潜り抜けられるものなら、やってみるといいわ。全身の皮が剝《む》けるわよ」

ブリジットはそう言うと、今度はサタデーナイトスペシャルの銃口を電気室の巨大な発電機に向けた。

撃ちまくっている。三発放って、銃を捨てる。ポケットから同じ型の銃をもう一丁とりだす。さらに発電機に向けて撃つ。

いくつもの火花が上がった。重油のようなものがこぼれだしている。最後にぼっと炎があがった。

「おぉおおっ」

藤倉は叫んだ。およそ五分で発電機全体が炎に包まれるだろう。そして黒煙が上がれば、自分たちは窒息死《ちっそくし》する。

ブリジットは踵を返して逃げた。藤倉が入ってきた扉とは逆側に向かって逃げて走って行った。

「あんっ、熱くなると、また感じちゃうっ」

美穂が黒い煙に巻かれながら、もくもくと膣に入れた指を抽送《ちゅうそう》させていた。

――手間がかかる。

4

とにかく美穂の縄を解かねばならなかった。藤倉は煙を吸わないように、片腕で口と鼻を押さえながら、柱の裏側に回った。

結び目は簡単に解けない。

氷弾を無駄に使いたくはなかったが、胸の周りを覆っている縄を狙って打った。一発、二発。氷弾は威力があった。氷の角が縄を切った。さらに二発使って、腰回りも切った。

都合六発の弾を使い果たしたので銃は捨てた。

　美穂が床に倒れた。足は抜けた。

「あっ、藤倉センパイ。マンの中が痒《かゆ》いです」

「どうでもいいからっ」

　抱き上げた。真っ裸の後輩を抱き上げた。熱湯の噴水が上がっている方向は避け、自分が来た道を引き返すことにした。

「あっ、先輩、走りながら乳首舐《な》めてください。私、クリと穴を弄《いじ》るので、手いっぱいで、おっぱい触れません」

「うるせぇ、おまえなんか悶《もだ》え死ねっ」

　よく死体は重いと聞くが、オナニーした状態の女を運ぶのはもっと重いと思う。

　藤倉は腕の中で、悶えまくる美穂を抱《かか》えながら、鉄の扉へと向かった、とにかく新鮮な空気を吸う必要があったが、そうでなくても、ボルト入りの足は重かった。

　十メートル走ったところで、立ち往生することになった。

　最悪だった。

　向こう側からミハイルが入ってきのだ。巨体のロシア人は、もう鼻の絆創膏《ばんそうこう》は取っていたが。その鼻柱《はなばしら》は見事にひん曲がっていた。

金属バットを持って立っている。

まるでロールゲームだ。これは、お姫様を抱《だ》いたヒーローが脱出するまでの、ロールゲームのような展開になってきた。

「決着をつけるときが来たみたいだな。あれだけ強く叩いたのに、よく立っていられるものだ。おまえ、ロボットか？」

「超面倒くさいな。いまお前の相手をしている暇はないんだけど……」

正直に言った。

「うるさい。俺もブリジットも恥をかいたんだ。ここで、おまえらと一緒にぶっ飛ぶしかないんだ」

ミハイルが金属バットで襲いかかってきた。美穂を抱えているので、対抗は出来ない。

今、来た道を反対方向に逃げた。

戻ると発電機は完全に燃え上がっていた。これはまもなく小爆発を起こす。

その手前では、熱湯が噴き上げていた。

――マジ、最悪っ。江田はどうした？

反対側から一周してくれれば、向こう側の扉から江田も入ってくるはずである。少なくともブリジットとは鉢合わせしているはずだ。

ぼんっ。

発電機のてっぺんから火が飛び出した。鉄の蓋《ふた》が飛んで、火花をごうごうと噴き上げている。

「うわぁああ」

藤倉はうろたえた。もう一発爆破したら、天井が吹き抜ける。吹き抜けになったら、そこからこの熱湯が飛び出してしまう。

熱湯がスタンドに飛んで、さらに外壁に混入すれば……ドカンッだ。

藤倉の脳裏にこの台場コロシアムが火に包まれる光景が浮かんだ。

「オーマイガッ」

とにかく逃げる方向を探した。膣に指を入れてオナニーしっぱなしの女を抱きながら三百六十度見渡した。

——ないっ。

そこにミハイルのバットが足元をすくうように飛んできた。

床の上三十センチを水平にふりまわしている。思い切り脛《すね》にあたった。

——痛てっ。

本能的にそう思ったのだが、物理的には痛くなかった。衝撃は感じたが、痛感はほとんどなかった。

それどころか、バットが弾《はじ》き飛ばされた。

——消防庁病院の医師たちは、いったいこの足の中に何を埋めたんだ？

「うわっ」

反動でミハイルが床に転んだ。バットは沸騰湯が噴き上げている床穴の近くに転がって行った。

「絶対におまえを叩きのめしてやらないと気が済まない」

ミハイルがバットを取りに這って行った。

——そっちへ行ったら、知らねぇぞ。

「あうぅううう」

ミハイルの身体が飛び跳ねた。全身に熱湯を被《かぶ》っている。百度の源泉はさぞかし熱いことだろう。ミハイルは忽然《こつぜん》と立ち上がった。

踊った。

いや踊っているように見えるのだ。徳島の阿波踊りと山形の花笠踊りをまぜこぜにしたような踊りに見える。

踊りながら、服を脱いでいた。そう、あの湯を被ったら、服を脱ぐしかない。

「あうっ。いまの揺れで、指ずっぽり入りました」

美穂が呆《ぼ》けたような顔していた。エロい顔も台無しなほどに黒い煤《すす》を被っている。

次の瞬間に発電機が大爆発を起こした。

「うわぁああ」

天井が吹っ飛んだ。コンクリートや鉄や木の破片が一斉に降ってきた。

逆に熱湯は空いた隙間から吹きあがっていく、

「あぁああ、面倒くせいっ。コロシアムが吹っとんじまう」

藤倉は淫処に指を二本突っ込んだままの美穂を抱えて走った。

何の因果でこういう目に遭《あ》うのか……天を罵《のの》しるしかなかった。

遮蔽扉をこじ開けて、ようやく選手控室のある明るい通路に出た。さっき来たときよりも明るかった。それもそのはずだった。コロシアムの外周全体が炎に包まれていた。源泉から引き込んだ湯が噴き上がってコロシアムの外壁を濡らしたのだ。

「なんてこった」

空から見たら、コロシアムが炎の王冠になっていることだろう。

「うおおお」

藤倉は美穂を抱いたまま猛然と走った。中央のグラウンドに出るしか手はなかった。

ぐるりと炎に囲まれていたが、芝生と土のグラウンドだけは、整然としていた。

この中央でドクターヘリが飛んで来るのを待つしかなかった。

藤倉はグラウンドのど真ん中に出て、ようやく美穂を降ろした。芝生の上に置いて、上着を被せてやった。あとは、薬が切れるまでオナニーをさせておくしかなかった。

スタンドがめらめらと音を立てて崩れ始めていた。外ではけたたましいサイレンの音が鳴っている。梯子車が駆けつけていることだろう。いまに放水が始まれば、どうにかなるだろう。

コロシアムを三百六十度、身体を回転させて眺めた。まるで燃えさかる闘牛場だ。

観客はすでに全員退避していた。

ジェシカが走ってきたのはそのときだった。赤いエナメルのボンテージ・スーツ姿だった。怒り狂った女豹《めひょう》のようだ。

角の代わりにホースを二本抱えていた。赤と黄のホースだった。

背中にボンベをふたつ背負っていた。ボンベから二本のホースが出ている。

――ついに、最終兵器の登場かよっ。

5

「うぉおおおっ」

藤倉は向かってくるジェシカに向かって吠《ほ》えた。ワイシャツを脱いで、上半身裸になった。お湯を掛けられたら、着てはいられない。素肌のほうが、掛けられても転がって芝生で拭《ぬぐ》うことが出来る。

美穂が気になった。

「俺から離れろっ」

美穂に向かって叫んだ。美穂は芝生の上を回転しながら、走り高跳びの砂場のほうへと逃げていった。

顔を真っ赤にしたジェシカが赤いホースから液体を飛び出させた。『淫爆』に違いない。藤倉は左へ飛んで躱《かわ》した。肩口にわずかに飛沫《ひまつ》を浴びる。ジェシカはそこにめがけて黄色のホースからも噴射してきた。これは熱湯だった。

肩に炎が舞った。

「俺は大道芸人じゃねぇぞ」

藤倉が叫ぶと同時に、スタンドの一角が吹っ飛んだ。大音響を立てている。発電機があった一帯だった。大爆発が起こった。

「ノー、ミハイル」

ジェシカが叫んだ。叫び終えると猛烈な勢いで、突進してきた。赤と黄色のホースからやたらめったら、噴射してくる。芝生の上にも炎が上がり草と土が飛び上がる。

見た目にはガスバーナーで追いかけ回されている感じだが、二つの液体が混じるとばんっ、ばんっと爆発を起こすので、炎よりインパクトはあった。これは液体爆弾なのだ。

「センパーイ」

美穂が高跳びのバーを投げて寄越した。芝生の上をコロコロと転がって来る。摑《つか》んだ。グラスファイバー製だった。バーの片方の取っ手部分を摑むと、ねちゃっとした。

「まん汁つきでーす。幸運の蜜でーす」

完全にいかれていた。合コンで酔い潰《つぶ》れた女みたいだった。答えるのも面倒だった。それでも武器が出来たことには感謝する。

そのバーでジェシカに立ち向かうことにした。

ジェシカが左右のホースから、びゅんびゅん撃ってくる。藤倉は軽やかな足取りで躱した。これでも鳶職の孫だ。見た目は小太りだが、軽業師《かるわざし》張りに動く才能はあった。

「ううう」

ジェシカが悔しそうに唸った。しかも疲れ始めてきたようだった。息が荒い。爆弾犯であっても戦闘要員ではないことが明白だった。

藤倉はバーを長刀《なぎなた》のように振った。弁慶になった気分だ。ジェシカはボンベを背負っているので、動きが鈍かった。

脚を捉えた。巨尻のジェシカはバランスを失った。芝生の上に転がる。藤倉は飛び乗った。むりやりボンベを引き剝《は》がす。

消火器ほどのボンベを芝生の上に転がす。

なんの気なしだった。

ふたつがぶつかった。

割れた。耳をつんざくような音が鳴り響く。台場コロシアムの中央で芝生と土が盛り上がった。

「おぉおおおおっ」

藤倉の背中にさまざまなものが降り落ちてきた。這いながら美穂に向かった。

「ユダイッ」

ジェシカが背後からタックルしてきた。たぶん「ユー、ダイ」と言っているのだろう。

巨乳に押しつぶされそうになった。物凄い力で羽交絞《はがいじ》めにされる。

「爆弾持っていなきゃ、ただの女だろうがっ」

藤倉は身体を丸めて、一回転した。

体勢が逆になった。妙なもので、セックスの正常位のような格好になった。

ジェシカが下から拳を突き上げてきた。顎《あご》を打たれた。骨が折れそうなほど痛かった。

足も蹴《け》り上げてきている。曲げた膝で藤倉の腹部を打ってきた。吐きそうになる。

藤倉も拳を振り上げた。顔面を狙おうとジェシカを見下ろすと、するどい視線が跳ね返ってきた。野性の目だ。歯を食いしばっている。セクシーにも見えた。

困った。藤倉は拳を降ろした。

――これでも江戸っ子だぜ。女の顔は殴れねぇ。

と気取っていたら、再びジェシカの拳が飛んできた。鼻の右側上を打たれた。眼に火花が飛んだ。

頭にきた。完全に頭にきた。顔を殴らない代わりに、乳房を揉《も》みくちゃにしてやる。藤倉は元重量挙げ選手ジェシカ・スプートニクのボンテージを引き破った。カップが飛んで乳房が飛び出した。

スタンドのあちこちで爆発音がした。おそらくオイル系の備品に引火して、連鎖爆破を起こしているのだろう。

「ノー、ノー」

ジェシカは慌ててバストを両手で覆った。その手首を取って、無理やりどけた。巨乳の中心で、ピンク色の乳首が尖《とが》っていた。

ジェシカはがむしゃらに身体を突き動かしていた。

「黙れっ」

その乳首を舐めた。舐めてから、チュウチュウと吸ってやった。

「あぁあああ」

ジェシカが猛烈にブリッジしてきた。払いのけられそうになるので、股間を押さえた。ボンテージが食い込んでいる。引き千切った。

「ノォォォォ。ドンタッチ」

怪力で押し返してきた。

ボンテージの股布を千切ると黒いパンティが見えた。その股布も脇に寄せた。生の秘肉を大空の下に曝《さら》してやる。

「ノォオオオオ。オーマイガッ。ノォオオオ」

ジェシカが激しく抵抗した。腹に何発も膝蹴りを食らった。

「いい加減に黙りやがれっ」

藤倉はズボっ、と指を挿入した。人差し指と中指を二本同時に子宮の盛り上がりに届くまで、挿《さ》し込んだ。ジェシカの膣穴はぬちゃぬちゃしていた。

「はっ」

ジェシカが息を呑《の》み、目を見開いた。

二時の方向から、ヘリコプターが二機、飛んで来た。羽根がクルクル回っている。

藤倉は同じように二本の指を膣の中で、大きく回転させた。

「あうぅうううう」

ジェシカが巨体を揺すって何度も海老反《えびぞ》った。

あのヘリコプターが降りてくるまで、この女を抑え込んでいれば、自分たちの勝ちだった。

「うおおっ。絶対押さえ込んでやる」

ジェシカの膣を掻《か》きまわしながら、ズボンとトランクスを脱いだ。

「アナタ、ナニヲシマスカ」

ジェシカの顔が青ざめている。藤倉はその質問に答えずに、秘裂に固茹《かたゆ》での卵のようにかちんかちんになっている亀頭をあてがった。そのまま腰を沈める。とてもハードボイル

ド な気分だ。

「あぁあああ。アイム、バージン。バージンッ」

ジェシカが喚《わめ》いた。

「ええ、だったら、指でじゃなくて、最初からペニスで挿入してやったのに」

藤倉は腰を振った。もう止めることなど出来るわけがない。スパーン、スパーンとピストンした。

「あっ、いやっ、グッフィーリン」

ジェシカが静かになった。こちらのリズムに呼応して尻を打ち返してくる。

史上最大の野外セックス。

——これって最高かも。

怒濤《どとう》の勢いで抽送し、大量に射精した。

ヘリコプターが舞い降りてきた。防火服姿の隊員が呆気《あっけ》に取られていた。

藤倉はジェシカの肩を抱いて、身体を寄せ合っていた。とりあえずそばにあった衣服の一部をお互いの股間には掛けていた。

砂場から美穂が手を振っている。

「タオルをお願いします」

隊員が走って来た。

崩れかかったスタンド下から江田がブリジットの腕を摑んで歩いて来た。ふたりとも真っ裸だった。ブリジットが恥ずかしそうに内股で歩いてくる。陰毛は黒かった。江田は前も隠さず堂々と歩いてくる。

「なにしてた？」

藤倉は聞いた。

「そっちと同じ方法で、抑え込んでいた。拳銃がないと、こういう方法しかないのかもしれない」

すぐにＣＩＡジャパンの林が走って来た。藤倉と江田の姿を見て、天を仰いだ。

「転職の件。なかったことにしてください。先ほど、外に出てきたミハイルはこちらでいただきました。そのふたりも、約束通り、うちが貰《もら》います」

ジェシカとブリジットは、名残惜《なごり》しそうな表情で、藤倉と江田を見つめ、素直にＣＩＡジャパンのスタッフの持つ毛布に包まれて連行されていった。

その夜。

パンツを脱いだまま帰った藤倉は、女房の小春に再び「出ていけ」と言われた。

本作品はフィクションであり、実在の個人・団体などとは一切関係がありません。

一〇〇字書評

切り取り線

淫爆

購買動機（新聞、雑誌名を記入するか、あるいは○をつけてください）	
□（　　　　　　　　　　　　　　）の広告を見て	
□（　　　　　　　　　　　　　　）の書評を見て	
□ 知人のすすめで	□ タイトルに惹かれて
□ カバーが良かったから	□ 内容が面白そうだから
□ 好きな作家だから	□ 好きな分野の本だから

・最近、最も感銘を受けた作品名をお書き下さい

・あなたのお好きな作家名をお書き下さい

・その他、ご要望がありましたらお書き下さい

住所	〒				
氏名		職業		年齢	
Eメール	※携帯には配信できません	新刊情報等のメール配信を 希望する・しない			

この本の感想を、編集部までお寄せいただけたらありがたく存じます。今後の企画の参考にさせていただきます。Eメールでも結構です。

いただいた「一〇〇字書評」は、新聞・雑誌等に紹介させていただくことがあります。その場合はお礼として特製図書カードを差し上げます。

前ページの原稿用紙に書評をお書きの上、切り取り、左記までお送り下さい。宛先の住所は不要です。

なお、ご記入いただいたお名前、ご住所等は、書評紹介の事前了解、謝礼のお届けのためだけに利用し、そのほかの目的のために利用することはありません。

〒一〇一-八七〇一
祥伝社文庫編集長　坂口芳和
電話　〇三（三二六五）二〇八〇

祥伝社ホームページの「ブックレビュー」からも、書き込めます。
http://www.shodensha.co.jp/bookreview/

祥伝社文庫

淫爆《いんばく》　F I A 諜報員《エフアイエーちょうほういん》 藤倉克己《ふじくらかつみ》

平成29年 1 月20日　初版第 1 刷発行

著　者　沢里裕二《さわさとゆうじ》
発行者　辻　浩明
発行所　祥伝社《しょうでんしゃ》
東京都千代田区神田神保町 3-3
〒101-8701
電話　03（3265）2081（販売部）
電話　03（3265）2080（編集部）
電話　03（3265）3622（業務部）
http://www.shodensha.co.jp/

印刷所　堀内印刷
製本所　ナショナル製本
カバーフォーマットデザイン　芥 陽子

 ISBN978-4-396-34279-1 C0193